二見サラ文庫

吉原妖鬼談

須垣りつ

| Illustration |

禅之助

C O N T E N T S

「なにが花の吉原《よしわら》だ、なにが極楽だ。怖い怖い、冗談じゃないよ」

この世の別天地とも呼ばれる新吉原、その真ん中を突っ切る大通り。うきうきと弾む足取りで歩いている男たちの中、六助《ろくすけ》は一人青い顔をして立《た》ち竦《すく》んでいた。

もうすぐ日が沈むという刻限の花町は、通りの奥まで植えられた八分咲きの桜の木も道も人の顔も、夕日で赤く染まって見える。

大きな通りの両脇には茶屋が並び、町人、物売り、武士、芸者など、様々な人々が行き交っていた。

遊郭の営業は昼見世《ひるみせ》と夜見世《よるみせ》があり、もうしばらくすると夜見世が始まるらしく、だんだんと人出が増えてきている。

六助をここに引っ張ってきた兄の勘二《かんじ》は、他の客がつく前に会いたい馴染《なじ》みがいると足取りを速め、あっという間に往来の人の中に姿を消してしまっていた。

一人取り残された六助はひたすら早く帰りたいのだが、それではせっかく連れてきてくれた兄に対して申し訳ないような気もしてしまい、戻るも行くもかなわずに、おろおろと周囲を見回している。

「ああもう、やっぱり帰ろうかな。勘二兄さんは、あの様子じゃあ今夜は馴染みと床をひとっにするんだろう。だったら私なんか、連れてこなければよかったじゃないか」

ぶつぶつ愚痴ってみるものの、兄に悪気があって自分を伴ったわけではないことは、六助にもよくわかっている。

六助の実家は、広小路にある小間物問屋だ。店は長男の太一《たいち》が継ぎ、今夜一緒にやってきた次男の勘二も番頭として店を切り盛りしている。

姉三人はそれぞれ嫁ぎ、末っ子の六助はというと、商いの才も客と接する愛嬌《あいきょう》もなく生真面目《きまじめ》だけがとりえということで、今は亡き祖父が隠居してから花川戸《はなかわど》で開いていた手習い所のあとを継ぎ、読み書き算盤《そろばん》の師匠をやっていた。

幼いころはなぜ隠居場所が花川戸なのだろうと不思議だったが、吉原に近いというのが理由ではないかと今は思う。

が、祖父が教えていたころ二十人はいたという門弟は、現在たったの三人。

六助は今年数えで十八歳なのだが、童顔な上に体も小さく態度物腰も弱々しく、師匠としては頼りにならないと思われているらしい。

そのためさっさと所帯を持ち、身を固めて貫禄《かんろく》のひとつもつけろと両親にことあるごとに叱咤《しった》されている。

ところが六助は、女のことにはからっきし疎かった。これまで色恋沙汰はひとつもなく、手さえも握ったことがない。

このままでは嫁をもらうにしても尻に敷かれるのは目に見えているし、先々が思いやられる、というわけで勘二が六助を強引に花町へと連れてきたのだ。

とはいえ一人きりにされたといっても普通の男であれば、吉原をぶらつくのになんの不都合もないはずである。

しかし六助の場合は、事情が違った。

というのも父の母方の遠い先祖に多かったといわれるありがたくない血を、親族たちの中でただ一人、濃く受け継いでいるらしいのだ。

その先祖たちについて、今はもういない父方の祖母は、幼い六助にこう語っていた。

『ひとさまに聞かれるのは、はばかられる話だけども。うちのご先祖様には、人の姿をしてはいるけども、怪しい、キツネとも狸《たぬき》ともわからん化け物と、契《ちぎ》ったという人がおったのよ。わしの爺《じい》さまやそのまた爺さまたちは、その血のせいで妙なことになっちまった身内を、「トワズ」と呼んでいたのさ。どうやら六助も、それに違いないの』

『トワズ。私が、そのトワズなの。なんで、そんな名前なの』

それはの、と祖母は可哀《かわい》そうなものを見る眼差《まなざ》しを、垂れ下がった瞼《まぶた》を持ち上げて六助に向けた。

『生きとるものも、死んどるものも、みな同じように見える人たちだからじゃよ。生死問わず、鬼も天狗《てんぐ》も問わずということさね』

つまり生者も亡者も、魑魅魍魎《ちみもうりょう》妖怪変化《ようかいへんげ》、精霊や仙人に至るまで、すべて等しく同様に存在を感じ取ってしまうということらしい。

一族すべてがトワズなわけではなく、ある世代にひょっこりと一人、次の世代には誰もおらず、次には近い血筋に二人出る、といった具合に、トワズは出現したりしなかったりで、誕生に規則性はないようだ。

六助の他の五人の兄弟は、誰もトワズではなかった。いったいなぜ自分だけがと思うのだが、理由は祖母だけではなく親族の誰もがわからないらしかった。

怪しい生き物と関係を持った末のことでもあり、穢《けが》れとして避けられているのか、葬儀や祝儀などで集まった席であっても、みなできる限りその話をしたがらなかったということもあり、ことの仔細《しさい》は六助にも知りようがない。

こんなのはいやだ、化け物など見たくも触りたくもないと泣いて母親を困らせたものだが、誰にもどうすることもできはしなかった。

「ひえっ、またゆらりゆらりと宙を妙なものが漂った。みんなよくまあこんな恐ろしい町をうろつけるもんだ」

ともあれそんなわけで六助は不本意極まりないことながら、幼いころから常にこの世のものではないものたちと接触していた。人と同じように触れることもできるし、音も声も生あるものとなんら変わりなく聞くことができる。

人魂や幽霊を頻繁に見つけるのはもとより、猪牙舟《ちょきぶね》のへりに生臭い緑色の手がぺたりとかけられたのを見たこともあるし、夜の闇に羽ばたく猿の頭をした鳥のフンが、頭にポトリと落下したこともあった。

いずれも声を失って呆然《ぼうぜん》としているうちに消えてしまい、誰に話すわけにもいかず、六助はいつもまたなにか見るのではと日々びくびくとして過ごしている。

夜間に外に出るのは祭りの日でも避けてきたし、昼間であっても墓場や人斬りの現場など、怪しい噂《うわさ》のある場所には近づかない。

そんなふうに怪異を目にすることは珍しくない六助であっても、この色里で今目の前に広がっている光景は、本所《ほんじょ》七不思議もかくやという代物だった。

広い大通りの両脇には茶屋が並んでいるのだが、ただ茶を飲ませるところではなく、大きな妓楼《ぎろう》と客を仲介する場所になっているらしい。箱提灯《はこちょうちん》を持って出てきた茶屋の男の後に、頭巾で顔を覆った黒羽織の客が続いて歩いていく。

だが六助の目を釘《くぎ》づけにしていたのは人の出入りではなく、表に面した畳敷きの上げ縁の下、猫くらいしか入れなさそうなその場所に、ちらちらのぞく白いものだった。

錯覚だと思いたかったのだが、目を凝らして見れば見るほど、そんな低く狭い位置から見えるはずのない、人の足の脛《すね》から下だと確信してしまう。

うわあ、と反対側の道の端に寄れば、手桶を積んだ用水桶の隙間にするすると蛇のように入っていく黒いものがある。それはどう見ても女の長い髪の毛としか思われぬのだが、六助の他に気づくものはいない。

もう勘弁してくれ、と六助は必死に悲鳴を上げそうになる口を押さえながら、あたふたと中央の大通りの角を曲がり、ずらりと張り見世が並ぶ別の通りに駆け込んだ。

「こっ……これは」

張り見世の紅色の格子、背後に鳳凰《ほうおう》の屏風《びょうぶ》を背負って並んだ花魁《おいらん》たちの絢爛豪華《けんらんごうか》な艶姿《あですがた》を生まれて初めて目にして、さすがの六助もいっとき怖さを忘れ、ほうと息を飲んだ。

格子に取りつくようにして、たくさんの男たちが花魁たちの品定めに夢中になっている。根拠があるわけではないのだが、こんなに活気のあって華やかな場所ならば怪異も近寄ってはこない、そんな気がした。いや、そう信じたいというのが正直なところだ。

六助は、中でも大きな見世の真っ赤な格子の中、競って咲き誇る花々のように横三列に並んで煙管《きせる》を手にした花魁たちの前に、他の男たちに交ざって立ってみた。

初めて至近距離で目にする花魁たちの見目麗しさに、品定めというよりはほとんど見惚《みと》れて、ふらふらと一番前まで近づいていったのだが。

「ぎゃっ」

ふいに手首をつつかれるような感触があり、びっくりした六助はみっともなく、蛙《かえる》のようにぴょんと跳ね上がる。

しかし慌てて手元を見てみればそれは怪異の出現ではなく、一番手前に座っていた花魁が、火のついていない長い紅色の煙管で六助の袖を引いたのだった。

「なっ、なにをするんだ。袖に煙管を引っかけるなんて……」

怯《おび》えて飛び上がった恥ずかしさと腹立ちで、失礼ではないかと文句を言いかけた六助だったが、こちらを甘えるように見上げる花魁に目を奪われ、怒りは口の中で消えてしまう。

「いや、その。わ、悪いというほどのこともないですが。少しその、ふいをつかれて驚いたもので」

その花魁は、いずれ劣らぬ美しい他のものたちよりも特に際立ち、匂い立つように美しかったのだ。

大きな瞳は愁いを帯びてどきりとするような艶《なまめ》かしさがあるのだが、唇にはまだあどけなさが残り、なんとも可憐《かれん》で愛らしい。

じっとこちらを見つめたまま、花魁は笑みを浮かべる。ぼう、と自分の首から上が熱くなるのを六助は感じた。

「……な、なんで、笑うのですか」

緊張し、思わず改まった口調になっている六助がおかしいのか、花魁はころころと鈴を転がすような声で笑う。

口元を隠した手は、まさに白魚のように真っ白で、指先の爪紅が目に染みるように鮮やかだ。

「こなさん、お顔が夕日のよう」

「えっ」

六助は思わず両手で顔を押さえる。

「上がっていきなんし」

「ええっ」

今度は両手を振ってうろたえるが、言われていることの意味がわかりそうでわからない。

と、ちっ、と後ろから鋭い舌打ちが聞こえた。

振り向くと見立てをしている男たちに交じって、目の前の花魁とさほど年の変わらぬ娘が立っている。

髷《まげ》は乱れているし、大きく落とした襟はだらしなく、いかにもはすっぱな女郎といった感じだ。おそらくは小さな見世で働いているのだろう。

けれどきれいな富士額をしてきりりとした面差しをしているから、着付けをきちんとしてこんなところにいなければ、武家の娘といっても通用しそうに見える。

娘はきつい目つきと口調で、つけつけと言った。

「野暮な男だねぇ。煙管で袖引くってのは、その花魁があんたを誘ってんのよ」

「は。さっ、誘う。と言われても。私はそんなつもりでは」

「なんだい、冷やかしの吉原雀《よしわらすずめ》ですらなさそうだね。ここは子供の遊び場じゃないんだよ。こんな大見世の前を陣取って、商売の邪魔じゃないのさ」

「そ、そんなつもりは」

「そんなつもり、しか言えないの、あんた。ああもう、野暮天にはつきあっちゃいられないよ」

同じ女でも目の前にいるたおやかな天女のような花魁とは大違い、まるで意地の悪い野良猫だ、と六助は内心でつぶやいてムッと口を引き結ぶ。

が、こちらの憤慨など気にしたふうもなく、ふんと鼻で笑って、娘はさっさとどこかへ行ってしまった。

言い負かされてあたふたしている様子がおかしいのか、花魁はなおも笑っていたが、これでは商売にならぬと思ったのかすいと六助から視線を外した。

そしてもとの人形のようなすまし顔になり、紅羅宇《べにらう》の煙管を構えなおす。

あんなに愛らしく笑ったことが嘘《うそ》のようにその表情は冷たく、話しかけられたのも夢だったのではと思うほどだ。

もう一度ぱっちりとした瞳に自分を映して欲しくて、六助は必死に尋ねる。

「あ、あのぅ。きょ、今日は都合が悪くて駄目なんですが、とりあえずお名前だけでも、聞かせてください」

体勢は動かさないまま、大きな瞳がきょろりと六助を見た。

「……わちきは、銀華《ぎんか》でありんす」

「銀華……さん」

銀華は再び視線を他に移したが、どことなく照れているような気がするのは錯覚だろうか。いや多少なりとも六助を気に入ってくれて、それで煙管で袖を引いてくれたのだと思っておきたい。そのほうが、夢があるではないか。

六助はかつて知らなかった思いに、胸がぎゅうと締めつけられるのを感じた。

――もしこんな人が。わ、私を好いてくれて、嫁に来てくれたら。

唐突にそんな考えが浮かび、ハッと六助は我に返った。不可能に決まっている。

怪異が見えてしまう上に極端に臆病な自分に、こんな天女が嫁いでくれるなどありえない。声をかけてくれたのも、単に仕事だからだろう。

――で、でも、勝手に想《おも》うだけなら銭もかからないのだし。

だがここで見立てをしている男たちの誰かが銀華を指名し、今夜床をひとつにするかもしれないのだと思うと、なんだかやるせない気持ちになってしまった。

悄然《しょうぜん》として視線をもぎ離した六助は、通りを奥へと向かう。

並んだ張り見世はいずれも立派で、花魁たちも美しかった。けれど銀華のように心が動いたものは他に一人もいない。

生まれて初めて、大きく気持ちを揺さぶる娘との出会いにうっかり忘れていた六助だったが、そもそもここにいるのは怪異から逃れてきたからだった。

やはりこれだけ美しい花魁と、それに夢中になる男たちが群れる場所ともなると、怪しいものも姿を現す隙がないのかもしれない。

などと思ったのも束の間《つかのま》、ぎくりとして六助は足を止める。

そこもまた、真っ赤な格子の張り見世で、絢爛たる打掛をまとった花魁たちがすまし顔で並んでいたのだが。

一番上の段に座っている花魁たちを眺めながら歩いていた六助は、奇妙なことに気がついてしまった。

花魁たちはきちんと等間隔に、煙草盆《たばこぼん》の後ろに座っている。しかし、一人だけ違うのだ。

その花魁は、左端に座る花魁の斜め左後ろから顔半分、身体《からだ》半分のぞかせているのだが、どう考えても不自然な位置にいる。

そもそも前に座っている花魁と背後の屏風の間に、もう一人座れるほどの幅はないのではないか。

——この世の人ではないのかもしれない。

そう思い至った瞬間、六助はひゅうと喉を鳴らし、次いでカタカタと震え始めた。

人の心の動きとは罪なもので、見てはいけないと思うものにほど、視線は吸い寄せられていく。

思わずじっくり目を凝らしてみると、半分だけ見える華やかな打掛は大昔のものでもあるかのように色褪《いろあ》せ、ボロボロに擦り切れていた。

花魁のまったく瞬《まばた》きをしない、凍りついた魚のような目がゆっくりとこちらに向いた、と思った瞬間。六助は込み上げてくる恐怖に耐えられなくなった。

「もうこんなとこ、いられるか！」

周囲の客を突き飛ばし、なんだこいつはという顔をされても知らぬ存ぜぬで、脱兎のごとく六助は駆け出す。

「この町は化け物だらけだ！」

考えてみれば無理もない。男には極楽でも売られた女にとっては地獄ともいえる町だ。今蹴っているこの地面すら、白粉《おしろい》と血と涙をたっぷり吸っているに違いない。

その上、これまでに何度か吉原は火災に見舞われているから、焼け死んだ遊女も客もたくさんいるだろう。

長屋に突き当たって裏道へ入り、左へ右へと曲がりながら再び大通りに出たものの、恐怖のあまり六助は方向を見失っていた。

「ど、どっちが大門だっただろうか。水道の後ろが塀になっているということは、反対側に来てしまったのか」

どうやら大通りの突き当たりらしく、ここまで来るとさすがに人は少ない。

太陽はいよいよ傾いて闇の端から血がしたたるような、怪しい空になっていた。へなへなと常灯明の下にしゃがみ込んだ六助は、頭を抱え目を閉じて、ともかくこの一本道を戻ればいいのだ、と懸命に落ち着こうと息を整える。

そのときふいに、ざあっ、ざあっ、と奇妙な音がした。

背中にぞぞっと激しい怖気《おぞけ》が走り、なにやら理由はわからないが、危険だ危険だと本能が告げてくる。

どうすればいいのか、なにが起こるのかはわからないが、このままここにいてはいけないような気がする。

逃げなくては、と薄目を開けた六助は、自分に向かって進んでくる、見たことのないような大きな下駄《げた》を見た。

下駄は黒塗りで三枚の歯がついていて、砂に八の字を書くようにして動くたびに、ざあっ、ざあっと神経がささくれだつような音をさせるのだ。

この歩き方は、話に聞いたことがある。花魁道中の独特な足さばきだ。

けれどもちろん、大門とは反対側のこんな端っこで、花魁道中がふってわいたように出現するはずがない。

六助は見てはいけない、見たら大変なことになると思いつつも、冷や汗をかきながらゆっくりと顔を上げ、そして本日最大の恐怖に凍りついた。

「ひ……う、う」

あまりに恐ろしいと、人は悲鳴も上げられないらしい。

六助が見てしまったものは、豪華な打掛をまとって兵庫髷《ひょうごまげ》に櫛笄《くしこうがい》を美しく飾りつけてはいるものの、胸に深々と匕首《あいくち》を突き立てられ、打掛をぐっしょりと血に濡《ぬ》らした花魁が、こちらに向かって歩いてくる様だったのだ。

しかもその花魁は容貌こそ美しいが、顔つきが尋常ではない。般若《はんにゃ》のように眉を吊《つ》り上《あ》げ張り裂けんばかりに目を剝《む》いて、自分を刺した相手を探すかのように、ぎょろりぎょろりと辺りを見回すという恐ろしい形相をしていた。

背後に続くこれもきれいに着飾った左右の禿《かむろ》、傘を差しかける男、そのいずれもが蒼白《そうはく》な顔に恨みのこもった目つきをして、足を引きずるようにして歩いている。

一帯の空気すべてがひんやりと冷たく重くなっていき、明らかにこの世のものではない光景を見てしまっていることが、六助には痛いほど感じられていた。

南無阿弥陀仏《なむあみだぶつ》の一言も唱えられず恐怖に硬直し、もうあと少しで骸《むくろ》の道中が目の前まで来るという、そのとき。

誰かがなにか低く呪文を唱える声と、甲高い悲鳴を同時に聞いたような気がした。

気がしたというのは、それが自分の悲鳴なのか、それとも別の男の声なのかもわからぬまま、六助は意識を失ってしまっていたからだ。

失神してどれほどの時間だったのか、六助にはわからない。一刻ばかりはたったのか、それとも瞬く間のことだったのか。

「ううん……」

ゆさゆさと身体が揺さぶられるのを感じて、六助はぼんやりと目を開けた。

「おい。大丈夫か」

しっかりとした力強い声がかけられ、六助は声の主を見る。

「わあっ……あれっ、ええと。あ、貴方様《あなたさま》が助けてくださったのですか」

「まあ、そうだな。もっとも周りの人間には、俺がなにやら喚《わめ》いているとしか見えなかっただろうが」

笑って答えたのは、平笠《ひらがさ》をかぶった大柄な男だった。

六助を安心させようとするかのようにかぶっていた笠を取った男は、年のころは二十代後半。体格と同じく、いかにも頼もしく男らしい面構えをしている。

艶《つや》やかな唐桟《とうざん》の羽織をひらめかせて腰に脇差を一本差し、髷を結っていない豊かな総髪が風に乱れていた。

浪人に見えなくもないが髷がないためか、その様子は男を仙人か外法使いのような、ただの人であらざる非凡なものに感じさせている。が、相当に飲んでいるのかひどく酒臭い。

六助はびくびくと、まだ辺りを警戒するように見回してから、尻の埃《ほこり》を払って立ち上がろうとする。

ところが足に力が入らずに、へにょりと再び座り込んでしまった。

「腰が抜けているようだな」

苦笑して男は言い、恥ずかしくてたまらない六助に広い背を向けてしゃがんだ。

「えっ、いや、そんな」

おぶされという意味だとわかり、慌てて六助は遠慮する。

「いくらなんでもこの年になって、そればかりは」

「だがそれではお主、ここにずっと座っているというのか」

聞かれて六助は先刻の怪異を思い出し、ぶるっと震えて両腕を男に伸ばした。

「た、大変、ご迷惑をおかけして申し訳ありません……」

自らの不甲斐《ふがい》なさに泣きたくなりながら、六助は子供のように男に背負われる。

酒の匂いは一層強くなり、こんな酔っ払いに背負われては二人してひっくり返るのではなかろうかと案じたが、男はまったく重さなど感じないとでもいうかのように、さっと立ち上がってすたすたと歩き出した。

通りすがりのものたちがびっくりしてこちらを指さし、笑っているのがわかるがどうしようもない。

「気にするな。懇意にしている蕎麦屋《そばや》が揚屋町《あげやちょう》にある。すぐ近くだからひとまずそこで休むといいぞ」

「あ、ありがとうございます。みっともないところをお見せしましてお恥ずかしい限りです。私は花川戸で手習い所の師匠をしております、六助と申します。貴方様は」

「俺か。俺は遼天《りょうてん》という。生業《なりわい》は、そうだな。八卦見《はっけみ》をしたり、花を抜いたりだ」

そう言われれば八卦見のようにも見えるが、酔っていてさえ漂っている貫禄は、ただものではないと思わせる。

けれど花を抜くとはどういうことだろう、などと六助が考えているうちに、遼天は横道に入り、黒い柱だけの門を通った。ここが揚屋町らしい。

ここも吉原の中であり、付近には小さな見世もあるのだが、米屋や質屋、湯屋に菓子屋など、遊郭以外の商店が集まって軒を並べている場所のようだ。考えてみれば遊女だけでなく下働きのものが大勢暮らしているのだから、こうした楼以外の店も必要だろう。

その中の蕎麦屋の幟《のぼり》が出ている店に、遼天は六助を背負ったまま、ためらいなく藍染の暖簾《のれん》をくぐって入っていく。

「邪魔するぞ」

「へいらっしゃい。おや遼天さん、なんだいその大きな赤ん坊は」

台の奥からひょろりと背の高い、蕎麦屋にしては目つきの鋭い壮年の男が顔を出し、怪《け》訝《げん》そうに言った。

「す、すみません、お邪魔いたします……」

これ以上ないくらい情けない思いで六助は、背負われたまま挨拶した。

蕎麦を食っている客たちも、なんでぇそのザマは、と口々に冷やかして笑っている。

穴があったら入りたい六助の心の内を察してか、宥《なだ》めるように遼天は言う。

「そう言うな寒兵衛《かんべえ》。この人は花川戸の六助さん。ひどく恐ろしい目にあったのだ」

「鉄砲女郎にでも当たったてぇのかい。まあいいや、今しがた客が帰ったとこでまだ明かりがついてるから、上で休んでくれ。そのなりで店にいられたら、蕎麦がびっくりして伸びちまう」

おう、と遼天は応じるとさっと下駄を脱いで六助の草履も脱がせると、寒兵衛の渡してくれた桶の水で簡単に足を洗い、再びひょいと背負いなおして男一人の重さなどものともせずに、細い階段を上がっていった。

こんな恥ずかしい思いをするのであれば大門をくぐる前に、茶屋で顔を隠す編み笠を借りてかぶっていればよかった、と六助は後悔する。

二階は座敷がふた間あり、先ほどまで客がいたというが隣室には夜具が敷いてあるところを見ると、ここで店主が生活しているのだろうかと不思議に思う。

しきりに恐縮する六助の言葉をろくに聞いていない様子の遼天は、こちらに来いと火鉢のほうへ手招きをする。

大門の内側に限っては桜が咲いていたが、実際にはまだ春には早い。あれは南から運んできて植えるのだ、そうしたところまでさすが吉原は娑婆《しゃば》とは違うと、大家から噂話に聞いたことがあった。

招かれるままに尻をついてにじり寄ると、遼天は穏やかに笑う。

「ここで落ち着くまで、ゆっくりしていくとよい」

「はい。な、なにからなにまで、ありがとうございます」

見た目の豪快さと違い、なんと心の細やかな親切な人だろう、と六助は感激しながら座敷の真ん中へ這《は》っていってへたり込む。と、階段に続く廊下から声がかけられた。

「ほれ六助さんとやら、万金丹《まんきんたん》だ。白湯《さゆ》でぐっと飲むといい。それに茶と煎餅《せんべい》」

万金丹は庶民の常備薬で、基本は腹の薬だが気つけにもよいといわれている。

「すみません、仕事中なのに気を遣っていただいて」

湯飲みや菓子の入った盆まで出されて、ますます恐縮しながら六助は苦い薬を飲み下した。

「そら遼天さん、あんたの徳利《とっくり》だよ。他になんか用があったら呼んでくれ。それに、そろそろ小太郎《こたろう》が来るはずだ」

「ああ。世話をかけたな、寒兵衛」

遼天は鷹揚《おうよう》にうなずいて盆を引き寄せ、六助に向き直る。

もう一度礼を言おうとした六助だったが、それを止めるかのように、大きな手のひらが突き出された。

「もういい。礼は一度で充分だ。寒兵衛もあの顔のわりに根っからの世話好きだから、なにも気にせんでいい。……それより六助さん。聞きたいことがあるのだが」

「え。な、なんでしょう」

可能な限り姿勢を正したのだが、まずは茶を飲めとすすめられ、六助は湯飲みを口にしてからほうと息をつく。遼天は、徳利から湯飲みに注いだ酒をぐっと呷《あお》った。

それから改めて、火鉢を挟んで遼天は身を乗り出してくる。

「話の続きだ。俺と会ったあのとき、お主はどんなものを見て腰を抜かすほど驚いたのか、教えてはくれんか」

「えっ！　どんなって、ですから、そ、そりゃあおっかないものが……遼天さんには、見えていなかったんですか？」

「もちろん気配は感じたが。どこまでなにが見えたのか、詳しく聞かせてはくれまいか」

遼天の声音には妙に力があり、拒むことができないような気分になってしまう。

今にもまた化け物が出るのではと部屋の中をきょろきょろしながら、六助は先刻の一部始終を話して聞かせた。

これが他の相手であれば臆病にもほどがある、と一笑にふされそうだが遼天は違う。とても興味深そうに、熱心にいちいちうなずきながら聞いてくれる。

それを大層嬉《うれ》しく思いながら、怪異と接触した経験談をいくつか語ったが、思い出すうちに背筋が寒くなり、時折背後を振り返りつつ必死に恐ろしさを伝える。

「中でも今夜のものに至っては、相当に強烈だったわけか」

「はい。たきしめられた香や、着物の細かな絵柄から帯の金糸までわかるわけですが、それが豪華できらびやかなほど、不気味で恐ろしかったんですよ」

「ふうむ。生きている人間とまったく同じに感覚がとらえているのだな」

遼天は腕を組み、難しい顔になった。

「あの。祖母は私のことを『トワズ』という一族の血を引いているのだ、などと言っておりました。なんでも生者も亡者も、同じように接することができるものたちが、父の母方の先祖にいたらしいのです。なぜ家族の中で私だけが、その血を濃く受け継いでしまったのかと思うと腹が立ちますが」

遼天は、ますます興味を引かれた様子で、鋭い目をさらに鋭くする。

「トワズ。なるほど、不問の一族というのは俺も聞いたことがある。が、実際にお目にかかったのは初めてだ」

えっ、と六助は目を見開いた。

「聞いたことがあるのですか？　お、教えてください。この妙な力を失《な》くしてしまう方法を知りたいのです！　私は、このせいでどれだけ悩み、苦しみ、いやな思いをしてきたことか！」

六助が必死に言うと、鋭かった遼天の視線が、ふっと和らぐ。

「いや、申し訳ないが、俺もそこまで詳しくは知らんのだ。伝説のように思っていたので、実在したのかと驚いてしまったくらいだ」

「そ、そうですか……いえ、早合点した私が悪いのです。幼いころからの頭痛の種でしたので、つい夢中になってしまって」

六助は照れ臭いような、恐縮するような複雑な気分で頭をかく。

「私はただの臆病者で、伝説だなんて、そんな大層なものではありません。ただ、見えてしまい、感じてしまうだけなのです。ひたすら怖く、震えるばかりで、なんの役にも立ちはしない。それ以外のなにものでもありません。情けないことです」

深く溜《ため》め息《いき》をついた六助だったが、無理やりに笑みを作って顔を上げる。

「……でも遼天さんのおかげで助かりました。なにか言っておられましたが、あれはお祓《はら》いの祝詞《のりと》のようなものですか」

「まあ、そんなものだ」

肯定されて、六助はホッと安堵《あんど》の溜め息をつく。酔っ払いとはいえ霊が祓えるような人物にくっついていれば、少なくともその間は安心できそうだと考えたからだ。

今だって蕎麦屋の二階であっても、吉原の敷地内だと思うとそれだけで落ち着かない。窓からふいに、なにかがのぞくかもしれないではないか。

しかし自分ほどはっきりとではなくとも怪しいものが見えるらしいのに、遼天はまったく怖がっている様子はなく、平然と酒を飲んでいる。

「それにしても、聞けば大層この世以外のものたちに困らされているらしいが、お主のようなものがいったい、なぜこの色里へ来た。花川戸などという目と鼻の先に住まいながら今日が初めて大門をくぐった、というのは、怪しい気配が多いから避けていたのではないのか」

酒臭い息を吐きながら不思議そうに問われて、恥ずかしく思いながらも六助は正直に打ち明けた。

「もちろん、そうです。いやな感じがして近寄らなかったんですが、実は……わ、私は、この年にして女人の手にも触れたことがないのです。童《わらべ》でもないのに、暗い場所が怖い、墓場が怖い、夜が怖いと言っていては、女人に相手にされないのも当然と思っていますが」

実家の事情や、兄に連れられて来たまでの顛末《てんまつ》を話し終えると、ますます気が沈んできて六助は肩を落とす。

「所帯を持たせたいと考える、お身内の気持ちもわからんではないがな」

ふうむ、と遼天は身を乗り出し、じっと六助の瞳を見つめた。

まるで魂の底までのぞかれるように感じ、きまりが悪くて目を逸《そ》らした六助に、遼天は淡々と言った。

「どうやらトワズの血が現れてしまったことで、お主は相当に苦労をしたのだろうな。ご母堂は心配してくれるだろうが、ごく普通のものしか見えぬとあっては共感はしてもらえぬ。それに男子の身であれば、臆病であることを恥と感じ、己の情けなさを嘆きつつも、原因が血筋とあってはどうにもできぬだろう」

「は、はい。まったく、まったくそのとおりなのです」

初めて自分が理解されたように思い、六助が目に涙を溜めてうなずくと、神妙な顔つきで遼天は続ける。

「恐怖と己を卑下する心が強いあまり、生業にも身が入らず、手習い所の評判が悪い。女人と接触を持てないとはいえ、親の持ってくる縁談はなくはないだろう。だが縁談が持ち上がっても、そうと知られることが恥ずかしく断ってしまう。さらには、自分の子にもまた、不問の血が現れたらどうしようかと思っている。違うか」

「そうです、おっしゃるとおりです。妖《あや》しのものの血を引いているというのに、私は妖魅が恐ろしい。自分の中の血もおぞましい。……なにもかもお見とおしなんですね」

さすがに霊まで祓える八卦見だけあって、よく人相だけでこんなに当たるものだ、と六助は感心した。感動したと言ってもいい。

血を分けた両親にも家族にも、決してわかってもらえぬとあきらめていたことを、会ったばかりの遼天が次々と言い当てるのだ。

かなり飲んでいるだろうに、頭の働きも口調もまるで素面《しらふ》のように思える。やはりこれはただものではない、この人ならば、と見込んで六助は事情をすべて話すことにした。

「ですから正直……師匠などと申してもろくに食べていけず、見かねた親が小遣いをくれまして、それでどうにかやっている有様です。祖父ももともと、道楽でやっていたような手習い所ですから」

「なにを教えているのだ」

「お武家さんのご子息はいませんから、読み書き算盤など、基本的なことだけです」

食え、というように盆を差し出されて、素直に手を伸ばして巻煎餅を取り、ぽりぽりと齧《かじ》りながら六助は愚痴る。

「子供たちは、私が暗闇を怖がるのをみな承知しているんです。だから寝床に蛙を仕込まれたり、戸に幽霊のらくがきをされたりして、すっかりバカにされている。もともと、周囲からはそうした扱いを受けて育ちましたが、仕事に支障が出て食べていけないとなると、まったく困ってしまって」

茶でごくりと巻煎餅を飲み下し、六助は大きく溜め息をついた。

江戸界隈に怪異を目撃した話は少なくないし、土地のあちこちに不思議な逸話は残っている。友人にとりついた狐《きつね》を追い払ったと自慢げに武勇伝として語り、長屋の人気者になった住人もいるくらいだ。

それでも六助ほど頻繁に怪異と接しているものの話は聞いたことがなく、子供時代もあまりに年中泣きながら親に報告するうちに、男児なのにこんなに臆病では困ると叱責されるようになってしまった。

近隣の幼馴染たちにはしまいに嘘つき呼ばわりされ、やがて六助はなにが見えても誰かに訴えることをやめ、すべてを自分一人の胸の内に収めて、じっと恐怖を堪《こら》えることしかできなくなっていた。

兄も姉も冷たいわけではなかったが幼いころはまだしも、それぞれ所帯を持ってからは、気の弱い弟の妖怪話にはつきあってくれなかった。

もともと寂しがりやの六助としては、誰にも理解されず、一人きりでいることはとても辛《つら》い。だが、人と関わると自分のおかしな部分を隠せねばならず、それは大変に疲れることでもあった。

いくら隠していてもはっきり見てしまった際などは誰がいても悲鳴を上げてしまうし、今日のように腰を抜かしてしまったこともある。それが噂となって、近隣の子供たちにもすっかりからかわれるようになってしまっていた。

異性に関しても、それは同じだ。恐ろしい目にあったとき、寄り添ってくれる妻がいたらどれほどよかろうと思うことが多々ある。だから家族にせっつかれるまでもなく、常に心の底では傍《そば》にいてくれそうな相手を探し求めていた。

その半面、こんな自分では誰にも相手にされなかろうという、自虐の気持ちもある。

「情けないですし、自分に腹も立ちます。ですが、怖がるなと言われても無理なんです。気がつかない、聞こえない、見えない人にはあの恐ろしさ、気味の悪さ、私の辛さはわからない。見えると訴えれば嘘つき呼ばわりされ、黙っていても様子がおかしい妙なやつだと嗤《わら》われる……私は化け物だけでなく、人々のそうした目も怖かった」

遼天が、どこまで本気で同情してくれているかはわからないが、うんうんと何度もうなずいてくれた。

「だがそれでは、この先どうしていくつもりなのだ。ずっと親からの小遣いで暮らしていくわけにもいくまい」

「……実家に戻って兄や兄嫁やその子供たちに遠慮しつつ、雑用でもするしかありません。いつ怪異に出会うかとびくびくしながら、嫁ももらえず誰とも親しくなれないのは、どこにいても同じでしょうが」

吐き出すように言い、がっくりと首をうなだれる六助に、遼天は思いがけない話を切り出した。

「ふむ。……それでは六助さん。ひとつ手習い所を閉めてしまって、俺の仕事を手伝う気はないか」

「は？　八卦見をですか？」

「いや違う。花を抜くほうだ」

花？　と六助は眉間に皺《しわ》を寄せて困惑する。こんな大柄で勇ましい顔立ちの男が、花売りをしているというのだろうか。その姿を想像して思わず噴き出しかけた、そのとき。

「ごめんよ！　旦那、いるかい」

廊下のほうから威勢のいい声がかけられた。間もなく、痩《や》せて小柄な男が弾むような足取りで座敷に入ってくる。

「首尾は上々だぜ。そろそろ若ぇのが気がついて……って、なんでぇこの兄さんは」

それはおそらく六助より年若い、細面で色の白い青年だった。

股引《ももひき》に尻からげをして傀儡師《くぐつし》のような頭巾をかぶり、きつく大きな猫のような目をしているのが印象的だ。その目が値踏みするように、じろじろと六助を検分した。

「どっから拾ってきやがったんだよ。邪魔臭くって話ができやぁしねぇじゃねぇか」

ふいの登場にびっくりして、ひたすら目を白黒させている六助に短気らしくせかせかと言うのに、遼天は苦笑する。

「まあ待て、小太郎。この人は手習い所の師匠で、六助さんという。怪異を見て、肝を潰《つぶ》してしまってな。ここで休んでもらっているのだ」

「師匠が腰を抜かしちまったってぇのかよ、情けねぇ。……でも、怪異ってのは気になるな。よし、俺に話してみな、どんなもんを見たんだい」

口は乱暴だが悪人ではないらしい。好奇心に目を輝かせ、乱暴に腰を下ろして胡坐《あぐら》をかいた小太郎を、遼天が窘《たしな》める。

「興味があるのはわかるが、それより先に片づけることがあるだろう」

ああそうだった、と小太郎は思い出したようにうなずいてから、胡乱《うろん》そうに六助に視線を移した。

「しかしこのお師匠さんとやらの前で話しちまって、大丈夫なのかよ」

六助は、なんのことやらと不安になって、遼天に目を向ける。

「うむ。実は考えていたのだが」

遼天は思案するように眉を寄せ、小太郎と六助を交互に見た。

「なあ、小太郎。お主、人手が足りぬと言っていただろう」

「え、ああ。そりゃあ手は足りねぇよ。旦那だってそう思うだろ。けど目先の金で動くってだけのやつは信用ならねぇし、といってまっとうに働いてるやつぁ、こんな商売に首は突っ込まねぇからな。……って、まさか、旦那」

「ああ、そのまさかだ」

遼天が答えると、小太郎は眉を寄せて喚く。

「なんだって！　いくらなんでもそりゃ無茶ってもんだ。こんな胆力も腕力もなさげなお師匠さんに、なにをやらせるってんだよ」

「大して力はいらぬだろう。そんなものより不吉なものを見、察知する力がこの六助さんにはある」

「そんなもん、必要かい」

「悪霊や怪異の出没する場所、方角、予感、などというのはしくじりを許されない計画を成功させるには、なかなか重要なことだからな」

「旦那がいりゃ充分じゃねぇか」

「いや、この御仁の感覚は俺を遥《はる》かに凌ぐのだ」

「ええと、あの、どういうことですか」

蚊帳《かや》の外に置かれて話を進められ、六助は当惑する。

「お仕事の手伝いとはいったい。私にできることであれば、こちらも生活がかかっていますから考えますが」

「ふむ。足抜けだ」

なんだかあっさりと恐ろしい言葉を言われた気がしたが、酔っていてなにか言い間違えたのかもしれない。六助は聞き返す。

「ええと、あの。あ、あしぬけ、と聞こえたのですが」

「うむ。聞こえたまま、間違っておらん」

重々しい返答にますます目を剝いた六助に、小太郎が表情を険しくする。

「旦那、酒はほどほどにしろって言ってんだろ。ぺらぺらしゃべっちまって、そんなにこの師匠を信用していいのかい。あちこち吹聴されちまうかもしれないぜ」

「俺はこの程度の酒で酔ってはおらん。それに、六助さんは吹聴などせぬ。助けた相手に迷惑をかけるような人柄ではないはずだ。人相でわかる」

「……まあ、旦那の八卦がそう出てるならそうなんだろうけどな」

足抜けと聞いた六助には、そんな二人の会話も耳に入ってこなかった。

「ということはつまり、お、花魁を、吉原から逃がそうというのですか。無理ですよ、それは」

吉原から女郎が逃げ出すのは、容易なことではない。晩生《おくて》とはいえ花川戸で暮らす六助も、それくらいのことは知っていた。

決死の覚悟で堀を乗り越えても、待ち構えていた若いものたちに取り押さえられるのはよくあることで、その後の折檻《せっかん》は凄《すさ》まじいと聞く。

捕らえられれば手助けしたものもひどい目にあわされ、場合によっては花魁ともども殺される噂されていた。

逃亡どころか心中のしそこないですら晒《さら》しもののようにされて罰せられる、それが吉原というところではないのか。

「仕事というのは、私に足抜けの片棒をかつげと。そういうことですよね……?」

かすれた声に、遼天は苦笑する。

「どうしてもできぬと言うなら、無理強いはせん。生半可な気持ちからだと、仕損じる原因になるかもしれんからな」

「……なあ旦那。この師匠は善人なんだろうが、大それたことができるようには見えねぇよ」

小バカにしたような小太郎の物言いは悔しいが、この年になって腰を抜かしておぶわれたのだから、そう言われても仕方がない。六助は俯《うつむ》いて唇を噛《か》む。

手習い所だけでは食うにも困るし、親に無心するにもこの年では恥だ。

そして遼天は怪異を見てしまう自分を理解してくれる初めて出会った人間であり、助けてもらった恩人でもある。できうることならば応じたい。

だがそうは思ってみても、簡単に了承できることではなかった。吉原の禁忌を破ることは、怪異と接触することとは別にやはり恐ろしかったからだ。

「もう少し、考えさせてください。小太郎さんも言ったように、私がしくじればご迷惑になりますから」

自分を不甲斐なく思いつつ、六助は俯いてぼそぼそと答える。

すると渋っておきながら六助を哀れにでも思ったのか、小太郎がそれなら、と隣に膝を進めてきた。

「袖触れ合うも多生の縁だ。なあ、師匠。それじゃこうしようじゃねぇか。ためしに今夜の仕事を手伝ってくれ。それでやっぱりおっかねぇ、関わりたくねぇと思えばやめりゃいい」

「今回の仕事、首尾は上々と言っていたな」

遼天の問いに、あたぼうよとうなずいて、小太郎はひょいと巻煎餅を放り投げ、ぱくりと口で受け止めた。

「今夜、ですか……」

急な話に六助が怖気《おじけ》づいていると、遼天が助け舟を出す。

「まずは見ているだけでいい。それに今回はもう終わったも同然、後始末が残っているだけなのだ」

さすがにそこまで言われては、これ以上恩人の誘いを拒むわけにはいかない。

「そ、そういうことでしたら……わかりました。まずは様子を見させていただけるなら。決してなにを見ても、口外はしないとお約束いたします。遼天さんは、私を助けてくださったのですから」

「よし、では九つに大門が閉まった後、八つごろに……衣紋坂《えもんざか》近くに並ぶ茶屋の、水路側ではない裏辺りに来てくれるか」

それを聞いて、六助は固まった。

「やっ、八つ、ですか！　丑《うし》の刻の……真っ暗な堤で……」

夜更けに人気《ひとけ》のない暗闇で待ち合わせなど、六助にとっては病人が雪の日に大川《おおかわ》で泳ぐくらいに、とんでもないことだった。

両の拳を握り締め、冷や汗を浮かべ、断腸の思いで言う。

「申し訳ありませんっ！　や、やっぱり無理です！　丑の刻にそんな場所にいたら、なにと出くわすかわかったもんじゃない！」

悲鳴のような声に、そうだった、と逵天は頭をかいた。

「すまぬ、お主には殺生な話だったな。しかし仕事をせぬにしても、とっくに日は暮れているぞ。一人で帰れるのか」

そう言われて六助は、行灯《あんどん》の光の届かぬ外を思う。

夕暮れでもすでに恐ろしかったのに、夜の仲《なか》の町《ちょう》にはどれほどの怪異が出現するか、想像もつかない。

「なんでぇ、情けねぇ。化けもんが怖くて一人で夜道も歩けねぇってのか。大門の内は夜も昼も関係ねぇほど明るいし、そりゃあにぎやかだってのによ」

唇を捻《ね》じ曲げて突っかかる小太郎を、遼天がまあ待てと制する。

「六助さんは、不問の一族といって化け物をはっきりと感じ取れる血を引いているらしい。そのため幼いころから、随分と困ってきたのだそうだ」

「へえっ、そんな厄介な性分を持った一族がいるのかよ。そういやなにを見て肝を潰したのか、詳しく聞いてねぇままだったな。どこで見たんだ……待て待てみなまで言うな、当ててみようじゃねぇか。明石稲荷《あかしいなり》の辺りじゃねぇのか？」

興味深げに身を乗り出してきた小太郎に、六助は渋々と、遼天に語ったのと同じことを話した。

最初は目を輝かして面白そうに聞いていた小太郎だったが、話があまりに生々しかったのか、しまいにはげんなりしたように顔をしかめる。

「そいつぁ、たまんねぇな。亡霊の花魁道中に、張り見世にすまし顔で並ぶ亡霊なんてゾッとするじゃねぇか。せっかく格子を眺めたところで、見立てる気さえ失《う》せちまうな。なるほど確かに気の毒だ」

口は悪くとも根は親切であるらしい小太郎は、同情したようにつぶやいた。

「遼天の旦那だって、そこまではっきりとはわからねぇんだろ？」

「ああ。亡者の気配は感じるし、人の形《なり》をしているというのはわかる。魑魅魍魎の類《たぐい》も同じことだ。だが、とても六助さんのように着物の柄まで見分けられん」

「てことは、考えようによっちゃあ、旦那にできねぇことができるなんて、大したもんだぜ師匠」

励ますように小太郎は背中を叩《たた》き、そのとおりだと遼天は快活に笑うが、六助の気持ちは晴れないままだ。

「なんの役にも立たないことができても……」

つぶやいたとき、すらりと襖《ふすま》が開けられて、六助は飛び上がりそうになってしまう。

「今夜はそろそろ店じまいにするぜ、旦那。お前さんたち夕餉《ゆうげ》はどうするんだい。食っていくならおじやくらいこさえるが」

顔を出したのは、寒兵衛だった。

「頼む。食いに出てもいいが、なるべく外をうろつかんほうが六助さんは気が楽だろう。悪いが甘えさせてもらう」

「外がいやならここにいて、引け四つに二人して大門を出りゃあいい。八つまでは暇を潰さにゃならねぇが、旦那と二人ならさすがにおっかねぇとまでは思わねぇだろ。それさえどうしても無理と思えば、お澄《すみ》さんの船宿にやっかいになってりゃいいさ」

「引け四つ？」

門が締まるのは九つではなかったのか、と首を傾げる六助に、小太郎は説明する。

「普通、町木戸は四つに閉められるだろ。でも大門をそんな早くに閉めちまったら商いにならねぇ。だから吉原じゃあ九つを引け四つってことにして、それまで門を開けておくんだよ」

へええ、と六助は納得した。それからどうすべきか迷って、ちらりと遼天を見る。帰宅するにせよ、いずれにしても真っ暗な夜道を歩かなくてはならないのなら、遼天と一緒にいたほうが心強いと思ったのだ。

「あの。もし、遼天さんがそれでいいのであれば」

「俺は構わん。それまでここで仮眠を取らせてもらうとするか」

「だったら拍子木が聞こえたら起こしてやるよ。小太郎、飯の支度を手伝え」

寒兵衛に言われて、あいよと小太郎が立ち上がった。小太郎が来たときから感じていたのだが、立ち居振る舞いのひとつひとつが、妙に機敏に思えるのは気のせいだろうか。

逆に寒兵衛はまだ年寄りとも思われぬのに動きは遅く、階段を下りる足音も普通とは違う。どうやら足が悪いらしかった。

二人が階下へ下りていくと六助は改めて、こざっぱりときれいに片づけられた座敷を見回す。

「……ここは寒兵衛さん一人が切り盛りしている蕎麦屋さんなんですか」

「ああ。明るい間は元助《もとすけ》という蕎麦打ち職人と手伝いの小僧がいるが、みな足抜けには協力的だ。ここは俺たちが情報を交わす場でもあるからな」

「俺たち……小太郎さんの他にも？」

「うむ。あと一人いる」

遼天は、さすがに酔ってきたらしく赤い顔でうなずいた。

「では、寒兵衛さんも入れると六人も」

「元助と小僧は承知させているだけで、手は出させん。寒兵衛は足を悪くしているからな。迅速さが必要な仕事はできん。大工仕事が主だ」

「でもお店を貸してくれるというだけでも、危険を伴いますよね」

「そういうことだ。充分貢献してくれている」

一見なんということもない蕎麦屋が、足抜けを助ける一味の隠れ家と知り、さらには自分もその仲間になるかもしれないのだと思うと、六助はなんだか胸がどきどきとしてきた。

やがて小太郎と寒兵衛が鍋や茶碗《ちゃわん》を持ってきて、座敷には香ばしい蕎麦つゆの匂いが漂う。

あまり広くない座敷で、大の男四人が火鉢を囲んで茶碗のおじやをかき込んでいる状況は、どこかわびしくもありむさ苦しくもある。

しかし実は、恥ずかしくて遼天にもこれは言えないことだが、長らく一人ぼっちの生活をしていた六助には、なんだか無性に心が慰められる状況だった。

「美味《うめ》えな、これ。寒兵衛さんが漬けたのかい？」

「いや、太吉《たきち》が売りにくる漬物だ。おめぇ、バリバリと一人でみんな食っちまわねぇでくれよ」

「小太郎、悪いが茶をくれんか」

「はいよ。酒じゃなくて茶でいいのかい。師匠も湯飲みが空じゃねぇのか」

「わっ、私は自分でやります。もう本当に、お構いなく……ああ、ありがとうございます」

大柄な酔いどれの八卦見と猫のような目の青年、それに蕎麦屋の店主と手習い所の師匠。妙な取り合わせだなと六助は、出汁《だし》のきいた蕎麦つゆで煮て刻んだ長ねぎをどっさり乗せただけの、びっくりするほど美味い熱いおじやをふうふう吹いて口にしながら考える。どんな仕事なのかはこれからその一端を目の当たりにするとして、賃金の仕組みはいったいどうなっているのだろう。

「あの。仕事について、今のうちに少しお尋ねしたいことがあるんですが」

「そりゃ知りてえだろうな。教えてやっから、なんでも言ってみな」

漬物を口に入れたまま小太郎が言い、遼天もうなずいたので、遠慮なく六助は尋ねることにする。

「まず花魁を足抜けさせたからといって、どこから金子《きんす》が貰《もら》えるんですか。誰になんの得があるんです」

「旦那は普段、向島《むこうじま》の料亭の離れを借りて、そこで八卦の客を取ってんだ。客のほとんどは裕福な商人や旗本で、商売繁盛には店のどこに池や出入口を作りゃいいか、引越すにゃどっちの方角がいいかなんて相談を持ってくる。その中に、身請けできるほどの金はねぇがなんとか花魁を楼から助け出せねぇかとなけなしの銭を持って、藁《わら》にもすがる思いで来るのがいるらしい」

だよな、と小太郎に話を振られ、遼天が話を引き継ぐ。

「うむ。遊女の身内というのは、これは娘を売るくらいだから大抵はなけなしの銭すらないが、惚《ほ》れてしまってどうにもならぬという商人や、もともと将来を誓っていた相手などがどうにかしてくれと言ってくるのだ。もちろん人相や八卦で信用ならぬと見た相手には、足抜けを請け負うものがいるなど根も葉もない噂だと断るが」

ふんふんと聞いていた六助だったが、なんとなくその説明はすっきりとしなかった。

「……確かに安くはないでしょうが、売ったのと同じ金額を返せば、遊郭を出してもらえるんでしょう？　心に決めた人のためならば、その気になれば正当に身請けできるんではないですか」

その言葉に、小太郎がちっと舌打ちをする。

「なにを甘っちょれぇことを。いいかい、岡場所の女郎と違って花魁といやあ、簪《かんざし》だの笄だの後光かってほどぶっさして着飾るだろう。ところが髪飾りも派手な打掛も遊女屋で用意するんじゃねぇ。身銭を切って花魁が買うんだよ」

「は？　も、もしかして、それも借金に足されているってことですか？　だって欲しくて買ったわけじゃないでしょう？」

納得できない六助に、だから師匠は甘っちょれぇんだ、と小太郎は不貞腐れたような表情になる。

それだけじゃねぇんだよ、とそれぞれの湯飲みに茶を注ぎながら、今度は寒兵衛が口を挟んだ。

「自分の部屋の箪笥《たんす》や鏡、化粧道具の一式もだ。それもみぃんな漆塗《うるしぬ》りやら蒔絵《まきえ》細工の金のかかったもんばかりそろえなきゃならねぇ。客から贈られることもあるが、それなりの花魁なら妹分の世話までせにゃならん。だから当世一番人気の呼び出しだ、お職だのといったところで、銭を返し終わるどころかいつもすってんてんなのさ」

それでは化けて出て、恨みごとのひとつも言いたくなるのは無理もない。

「それにガキのうちに禿として引き取ったときの金子と、一人前に稼ぐ花魁になってからとじゃ、値打ちが違うのは当然だろ」

「それは、そうなのかもしれませんが……」

六助はすっかり憂鬱な気持ちになる。あの愛らしい銀華も、そういう苦しい境遇にいるのだと改めて思ったからだ。

しかし、と商人の家に生まれ育った六助は、なおも食い下がる。

「た、確かにそう聞けば娘たちは哀れですが、商いは商いではないですか。お上公認ですし、家族も承知の上で、証文もきちんと交わしているでしょう。それを逃がすというのは、むしろこちらが盗人《ぬすっと》ではないですか」

「ああん？　頭の固ぇこと言ってんじゃねぇぞ。きれいごとばっかりでおまんま食えるかってんだ」

盗人と言われて気色ばむ小太郎を、遼天は右手を顔の前に上げて制した。

「まあ待て待て。確かに俺たちはある意味、盗人なのだ。身請けよりはずっと安く、しかし銭を貰って花魁たちを足抜けさせ、その銭を懐に入れているのだからな。否定はせん」

「俺ぁ盗人なんて呼ばれるのはやだね。この界隈の連中は忽然《こつぜん》と花魁が消えちまうことを、神隠しならぬ『稲荷隠し』って呼んでるぜ」

「お稲荷さんの稲荷ですか？　なぜですか」

「吉原の中にはそれぞれの隅に四か所、稲荷があるからだろうな」

遼天の答えになるほどとは思うものの、名称がどうであろうともやっていることに変わりはないではないか。

そう言いかけた六助の目に、きらりと光るものが映った。

遼天が袂《たもと》から、水晶の勾玉《まがたま》を出したのだ。

透明で曇りがなく行灯の光で七色にくるめくそれは、子供の拳くらいの大きさがあり、穴に紐《ひも》が通してある。

「六助さんの懸念は当然だが、頼まれればどの花でも抜くというわけではないのだ。……そら、この勾玉をかざして、人を透かして見てくれ。六助さんになら見えるかもしれぬ」

「はい？」

遼天は透明な玉を中指と親指でつまみ、寒兵衛の前でかざしてみせた。

寒兵衛は顔をしかめ、やめてくれと横を向く。

「何度やられても気味が悪いもんだ。火が消えそうだったらどうすんだ」

「大丈夫だろ、寒兵衛さんは殺したって当分死にゃしねぇよ」

「火……？　あっ、こ、これは」

半信半疑で平べったい勾玉をのぞいた六助は、思わず目を瞠《みは》った。

透明な水晶の中にゆらゆらと、炎がゆらめいているのがはっきりと見えたからだ。

「なんですか、この炎は。ど、どこにも火などないのに」

「おお。やはり六助さんには見えるのだな」

感心したように遼天が言った。六助は勾玉を横から上から斜めから、どんな仕掛けなのだろうとのぞいてみるが、人を透かし見ない限りは特になんの変化もない。

「いったい……これはなんの手妻なんですか」

遼天は寒兵衛を透かし見るのをやめ、ひょいと勾玉を六助に渡した。

「え？　わあっ」

反射的に受け取り、熱いと思い込んで取り落としそうになった六助だったが、手にした水晶はむしろひんやりと冷たい。

遼天は、じっと六助を見つめて言った。

「その水晶玉にはかざした相手の命が、火という形で見えるのだ」

「いっ、命が……？　で、では、今燃えていたのは寒兵衛さんの命なんですか？」

怪異には慣れている六助も、こんな道具を見たのは初めてのことだ。

どこか憂いを含んだ表情と声で、遼天は肯定した。

「そうだ。健康で若いものほど鮮やかに大きくきらめき、年老いて体が弱り、寿命が尽きていくとともに輝きは小さくなる」

「寿命の長さがわかる……」

絶対、自分の火は見ないようにしなくては、と六助は思う。もしも小さかったら、恐怖のあまり卒倒してしまうかもしれない。

「も、もうよくわかりました。お返しします」

慌てて六助は、水晶の勾玉を遼天の手に押しつけた。

「やっぱり師匠には、火だか光だかが見えちまうのか。俺や寒兵衛のおやじにはなんにも見えねぇ、ただの透明な煎餅なのにな」

「旦那以外に見えるやつがいるたぁ驚いたな。そんな妙ちくりんなもんは、他の誰にも扱えねぇと思ってたぜ」

小太郎と寒兵衛が口々に言う。確かに不思議なことではあるが、話の繋《つな》がりが六助にはよくわからなかった。

「ええと、それで。花魁を逃がすこととこの水晶に、なんの関係が」

「うむ。ここからが本題だ」

遼天は姿勢をただそうとした。が、さすがに酔いが回っているのか、片方の手を畳について上体を支える。

「つまり、客から逃がすよう頼まれたら、まずはその花魁が張り見世や茶屋で客を待っているところを見つけ、この勾玉をかざして火の加減を見る」

言いながら遼天は、水晶玉を袂に仕舞った。

「勢いよく燃えている場合、その花は抜かん。今後よい客に巡り合って身請けされる運命かもしれぬし、吉原が水に合っているのかもしれぬ。ただし」

「火が弱ければ……今にも死んでしまいそうであれば抜く。そういうことですか？」

ようやく合点がいった六助に、うむうむ、と遼天は何度もうなずいた。

「間もなく散る命であれば、抜けたところで楼の損失にはならん。助け出した途端、火の勢いが強まる場合などは、ひどい扱いを受けていたということだろう」

それが本当であれば、確かに泥棒というのははばかられる。楼も損をせず、花魁も助かり、客も喜んでこちらは銭がもらえるなら、そんないいことはない。

「信じられぬのであれば、この水晶を持ってあちこち巡り、人の命の火を見て回ってもいいぞ。元気な子供と、長く床に伏した病人とで比べてみればよくわかるはずだ」

不本意ながら誰よりも面妖なことに多く出くわしている六助には、疑うつもりは毛頭なかった。

それに悪いもの、恐ろしいものの気配に敏感な六助は、人の心の良し悪しを見ることに長《た》けていると自負している。遼天の言葉ならば信じられると、直感が告げていた。

「……わかりました。盗人かどうかという点については、抵抗はなくなりました」

「他にもなにかあるなら、今のうちになんでも言ってみるといい」

六助は素直にうなずいた。

「私はこのとおり臆病ものですから、心配なんです。怪異が見えることがお役に立つ前に、恐ろしくて逃げ出してしまうかもしれません」

己の不甲斐なさに溜め息をつく六助をよそに、小太郎は三杯目のおじやをたいらげ、ごちそうさん、と手を合わせた。

遼天は徳利の首をつまんで揺すりながらなにか考えているふうだったが、しばらくして懐から、じゃらりと長いものを出す。

「今夜もこれから暗闇につきあわせるからな。六助さんに、これを貸そう」

「……これは。お守りですか？」

受け取ったのは、小さな水晶の玉を連ねた数珠《じゅず》だったのだが、普通のものよりずっと長い。

よく見ると玉のひとつひとつに、なにやら梵字《ぼんじ》が刻んである。

「うむ。先の勾玉と同様に、とある寺の僧から災厄除《よ》けとして譲り受けたものだ。護符というほど強力ではないが、そこそこの災厄なら避けてくれよう。使っているものの心を平穏に保つ働きもするから、おそらく見える怪異は減るはずだ」

遼天の手で首に数珠がかけられる。と、確かにすうと身体が軽くなり、心が洗われるような感覚があった。

「世話になったものから、形見として譲り受けたのでやるというわけにはゆかぬが、この仕事を手伝ってくれるならば、その間は六助さんが持っていてくれていい」

「本当ですか！」

六助は喜んで、しっかりと首にかけられた数珠を握る。

実は少し前から、なんとなく背中がぞくぞくとしていたのだ。寒兵衛の家の中とはいえ、やはり土地が土地だからに違いない。

しかし頼もしいことに、数珠をかけてからそのいやな感じがピタリと収まっていた。

「よし、話はついたみてぇだな。旦那も師匠も堤で落ち合おうぜ。俺はひと稼ぎしてくらぁ。また後でな」

二人の様子を見て小太郎はさっと立ち上がり、戸締まりのために寒兵衛も片方の足を引きずりつつ、その後ろについていく。

遼天は茶碗を重ね始め、六助も手伝って箱膳をどけて、部屋の隅に積んであった布団を敷いた。

「ひと稼ぎと言ってましたが。小太郎さんはこんな時分から仕事なんですか?」

「あいつは普段、奥山《おくやま》で籠脱《かごぬ》けやら軽業《かるわざ》の芸を披露して身を立てている。夜分は酔客を相手にすると祝儀が多いらしい」

「なるほど、そうでしたか……」

浅草寺《せんそうじ》の裏手付近の奥山には茶屋や見せ物小屋が並び、剣を飲んだり居合い抜きをして銭をもらう芸人がたくさんいる。籠脱けというのは文字どおり、底の抜けた大きな籠を高い位置に据えて、その中を前へ後ろへと飛びくぐり抜ける芸だ。小太郎のあの機敏な身のこなしはそのせいか、と六助は合点がいった。

やがて戻ってきた寒兵衛が茶碗を片づけると、ごろりと二人して布団に横になる。

「さて、俺ぁまだ仕事がちぃと残ってるから店へ戻るが、行灯を消していいかい」

寒兵衛に言われて、六助はぎくりとしてしまった。できれば吉原での暗闇は避けたいが、油だって安くはないのだ。

もう一度、なにごともないよう念じながらぎゅうぎゅうと数珠を握って、はい、と小さく返事をする。

ふっと暗くなった部屋に、低く遼天が笑う声が聞こえた。

「無理をするなよ、六助さん。本当は恐ろしいのだろう」

「え、ええ。でも、お数珠を貸していただいているせいか、少し気が楽です」

それは本当だった。いつもならば暗闇では常になにものかに見つめられているような感じがしてなかなか眠れないのだが、今はそれがない。

「安心しろ。この店では怪しいものが通りやすい場所には塩が盛ってあるし、なにより俺がついているではないか」

「はい。心強いです」

本心からそう言って、六助は目を閉じた。

そしてこれはまったく珍しいことだったのだが、瞬く間に深い眠りが訪れ、六助は物心ついてから初めてというほどにぐっすりと熟睡してしまったのだった。

「ほらほら起きな！　六助さん、急がねぇと大門が閉まっちまうよ」

ビンと張りのある寒兵衛の声で、六助は目を覚ました。

隣では先に起きていたらしい遼天が、胡坐をかいて大きく伸びをしている。

「あ……お、おはようございます……」

目をこすっていると寒兵衛が、笑いながらよい香りの房楊枝《ふさようじ》を渡してくれた。

「おいおい寝惚けてやがるのか、まだ夜更けだよ。口をすすいで目を覚ましな」

「おい、寒兵衛。悪いが一杯頼む」

「言うと思って、用意してあらあね」

目が覚めていきなり飲むのか、と啞然《あぜん》とする六助をよそに、遼天はぐっと湯飲みの酒を呷った。

あたふたと身づくろいをして寒兵衛に挨拶を済ませると、六助は遼天の背にくっつくようにして店の外へと出る。

久しぶりに夜空を眺めてみるが、塩梅悪く月が出ていない。だが遼天は違うらしかった。

くああ、と思い切り伸びをしてから、ニッと笑う。

「月のない夜とは助かった。そのほうが目立たぬからな」

「そ、そうなんですか」

弱々しくつぶやいて、まるで親とはぐれまいとする子供のように、六助は遼天と並んで歩く。

もっとも通りには行灯があるし、仲の町に出れば妓楼の提灯や障子越しの明かりで月などいらぬほどに明るい。大門が閉まるとはいえまだ楼内での宴はたけなわらしく、あちこちの茶屋からにぎやかな三味《しゃみ》の音や笑い声が聞こえてきた。

先刻あれだけ怪異に出くわしたというのに、水晶のおかげか遼天の力なのかはわからないが、今はなんの気配もない。

これであればゆっくりと張り見世を見物したり、桜や茶屋の店先に飾られた作りものを楽しむこともできそうだが、まだまだ油断はできなかった。

ぞろぞろと帰路につくため大門に向かって歩くものたちがたくさんいて、六助はその中に兄の勘二の姿を探す。

もちろん、とっくに帰ったのかもしれないし、泊まるつもりなのかもしれないのだが、やはり気になる。

そのため人混みの中、周囲を見回しながら遼天から少し離れてうろうろしていると、大門を出てすぐの衣紋坂で、急に横からドンとぶつかってくるものがいた。

「おっ、すまねぇな、急ぐんだ」

「はい。……あっ！」

素直に詫《わ》びを受け入れかけて、六助は胸元に手をやった。一瞬、首からかけていた数珠が引っ張られる感覚があったのだ。

「スリだ！」

叫んで咄嗟《とっさ》に男の袖をつかむと、男は物凄《ものすご》い形相で振り向いた。

「ああん？　そいつぁ俺のことか？　てめぇがうすらぼんやりふらふら歩いて人にぶつかっといて、なに寝惚けたことを言ってやがる！」

逆に胸倉をつかまれて凄まれるが、六助の懐のものがなくなっているのは事実だ。

吉原の中には一応番所があるが、大門が閉められる寸前とあってか誰も出てこない。

「か、返してください。あまり中身の入っていない胴巻きですが、それでもないと困るんです」

「おおっ、じゃあてめえはどうあっても、俺が盗んだと言いてぇわけだな。よっくわかった」

まだぐいぐいと胸倉をつかみながら、男は乱杭歯《らんぐいば》を剝き出しにした。

「だったら俺をふんどしひとつにして、隅から隅まで調べてみゃあがれ！　それで出てこなかったら、人を道ッ端で裸にしてこけにした落とし前をつけてもらうぜ」

うっ、と六助は唇を噛んだ。こんなふうに言うからには、男はすでに胴巻きを持ってはいないのではないか。周囲の仲間にでも渡してしまっているのが手口のはずだ。

落とし前といってここで殴られるくらいならまだしも、へたをしたら実家にまで強請《ゆす》りをかけてくるかもしれない。

情けなくも瓜《うり》のように青くなり、どうすべきかと冷や汗をかくばかりの六助に、心強い声がかけられる。

「六助さん。そいつは胴巻きは持っておらん」

いつの間にかできていた周囲の人垣の向こうから、遼天がぬっと顔をのぞかせた。

傍らにはいかにもならず者といった様子の、前髪をぼさぼさにした若い男がいて、こちらからは見えないが、どうやら背後から遼天に腕をねじり上げられているらしい。

苦痛に顔を歪《ゆが》め、悔しそうに六助を睨《にら》んでいる。

「なんでぇ、八卦見がしゃしゃり出やがって。てめぇにゃ関係ねぇだろう!」

「いや、ある。その人は俺の連れなのだ」

遼天が言うと、男は六助から離した手を、懐に突っ込んだ。

「うるせぇ、どけ!」

匕首をかざした男を見て、六助はひゃあとその場から転がるように退散する。

とはいえ遼天を残して立ち去るわけにもいかず、一目散に茶屋の角に隠れ、そっと様子をうかがった。

遼天は月明かりにぎらりと光る切っ先を見ても、顔色ひとつ変えない。

ぽい、と放り出すように若い男を地面に投げ出すと、ズラリとざらつく音をさせ、脇差を抜いた。

「おとなしく胴巻きを返して、去れ。怪我《けが》をしたらつまらんだろう」

そうだ、そうだ、と六助は心の中で賛同した。

けれど男たちはまだ引こうとしない。それどころか遼天の刀を見て、フンと鼻で笑った。

「なんでぇ、赤鰯《あかいわし》じゃねぇか。それじゃ大根も切れめぇよ」

赤鰯というのは、錆《さ》びて赤い刀のことだ。確かに遼天の刀は遠目に見ても、赤茶けて汚れて見える。

倒れた男を立たせようと、もう一人が手を差し伸べる。そのとき。

「てえっ！」

ばしりと手首を刀の峰で叩かれて、男は苦悶《くもん》の表情を浮かべた。

「やろう！」

今度は倒れていた男が懐から匕首を出して、遼天の足に切りかかった。

遼天は造作もなくひらりとかわし、正眼に構えて呼吸も乱さず、静かにじっと男たちを見つめている。

「あっ、貴様、なにをする！」

叫んだのは下級武士らしき野次馬だった。スリの男に、刀を奪われたのだ。

「旦那、すぐお返ししますんでちょいと待っといておくんなせえ」

「ふざけるな！　武士の魂を軽々しく……」

いきりたつ野次馬に、スリは怯《ひる》むこともなく言い返す。

「けっ、吉原通いの浅葱裏《あさぎうら》が偉そうに。すぐ返してやっからおとなしく待ってな！」

言い捨てて遼天に向き直る。

「やい、八卦見。まともな刀と赤鰯じゃこっちのもんだ。浪人崩れだかなんだか知らねぇが、侍を気取りやがって！」

けれど遼天は、軽く肩を竦《すく》めただけだ。

「胴巻きを返せば、それでいいのだが」

「だからそんなもんはねぇと言ってるだろうが！」

上段から振り下ろしてきた刀を、羽虫ででもあるかのように遼天の刀が払う。キン、キン、と鋭い鋼の触れ合う音をさせ、なおも面倒臭そうに遼天は飛んでくる刃《やいば》を払い除《の》けた。

「こんなことで血を見るのは、バカバカしいだろう」

涼しい顔で間合いを取りながらのつぶやきに、汗びっしょりになっている男は肩で息をしながらぶんぶんと首を振り、遼天は溜め息をつく。

「では、仕方ない」

つっ、と大きく足を踏み出すと一筋の閃光《せんこう》が闇に走った。

なにが起こったのか、と六助が身を乗り出すと同時に、ぐあぁと野太い悲鳴が上がる。

「ゆ、指が！　俺の指が！」

ぱらぱらと地面に落ちた指先を見て、ひぃ、と六助までが悲鳴を上げそうになった。

「次は手首、その次は肘から先がなくなるぞ。錆刀の傷は、すっぱり斬れぬ分始末が悪い。早く手当てをしたほうがいい」

チャッ、と刀を構えなおした遼天に、文字どおり男たちは震え上がった。

蒼白《そうはく》になり、若いほうの男が胴巻きを地面に放り出す。

そして転がるようにして、この場から駆け出していってしまった。

野次馬たちからやんやの喝采が起きたが遼天は気にも留めず、刀を懐紙で拭ってから鞘《さや》に収めると胴巻きを拾い上げ、ゆっくりとこちらへ歩いてくる。

「六助さん。これで間違いないか」

「あぁっ、はい、ありがとうございます！」

押しいただくようにして、六助は両手で胴巻きを受け取った。

ここに来るまでも恩人と思っていたが、剣まで使えるとなるとますます頼もしい。しかしそれだけでなく、町人の自分とはやはり違うのだと、どこか恐ろしくもあった。

思いがけない見世物が終わるとたちまちに野次馬たちは消え、いつの間にか大門も閉められて閑散とした地面の上には、黒々とした血と指の先端が落ちている。

ごくりと息を飲み、六助は胴巻きを懐へ仕舞った。

「あの男たちも強情だな。素直に返せば、血など見ずに済んだものを。おかげで六助さんに、物騒なものを見せてしまったな」

「いっ、いえ、とんでもありません！　私の気が弱いために、遼天さんが取り戻してくださったんですから。私一人では、凄まれて謝ることしかできませんでした」

「なにごとも、穏便に済ますことができればそれが一番いいのだがな。なかなか、難しいことだ」

「それにしても、凄い剣の腕前でした。遼天さんは、お武家の出なんですよね？」

土手に向かって歩き出しながら聞いてみたが、遼天は生業を答えたときのように、そんなものだ、とだけ答えた。

籠に乗るもの、酔っ払い、冷やかし、様々な吉原の客たちが家路を急ぎ、やがては誰も歩いてこなくなると、遼天は並んだ茶屋の後ろに回って、道具の積んである狭い隙間に立った。六助もそれにならって、身体を縮こまらせて隣に立つ。

堤には田面《たのも》行灯が並んで黒い田んぼを照らし、こちらにもわずかに明かりが差してくるが、やがては油が切れて消えるだろう。

まだ吉原大門の内側は、泊まり客たちの宴会でにぎやかだろうが、ここまでその喧騒《けんそう》は届いてこない。

六助はずっと恐ろしくてたまらず、緊張に顔を強張《こわば》らせながら周囲を見回し無言で歩いていたのだが、驚いたことにここに至るまでついにひとつとして怪異を目にしていなかった。

まったく見ないと不思議なもので、かえって不安になってくる始末だ。

目の前に広がる真っ黒な、けれどそれだけでなんの異変もない田畑を妙な気持ちで見つめる。

春が近いとはいえ、さわさわと足元の草を鳴らして吹き抜けていく夜風はひどく冷たく、思わず襟をかき合わせた。その拍子に、硬いものが指に触れる。

「こんな暗い夜にあれだけ怨念のこもった吉原を歩いてきたというのに、まったくなにも感じません。もしかして、これのおかげでしょうか」

首にかけた数珠をつまんで言う。

「かもしれぬな。よかったではないか」

「嘘みたいです。こ、これがあれば夜も外へ出られる。月見も祭りも花火も蛍も見られる……もう暗い場所を恐れる必要もない」

そうなったら女人にも、子供たちにもバカにされずに済むかもしれない。

と、雲の切れ間から、月の光が青白く辺りを照らし出す。それは希望に胸を膨らませる六助の心には、闇に日差しが差し込んだように感じられた。

「私が仕事をお手伝いしている間は、ずっとこのお数珠を持っていていいんですよね？」

確認すると、遼天は月明かりの下で穏やかな目でうなずいた。

「よかった。火の見える水晶といい、このお数珠といい……お寺から賜ったとうかがいましたが、相当に由緒ある大きなお寺なんでしょうね」

「……いや。奇妙なものがいろいろと納められているが、今はあとを継ぐものとてなく荒れ放題になっている小さな古寺だ」

へええ、と六助は目を丸くした。

「でも、なぜそんなお寺をご存知なんですか。お武家ということは、もしや寺小姓などされていたとか」

まあそうだ、と遼天は曖昧にうなずいて、それよりもと話を変えた。

「手伝ってくれた場合の手当について、まだ話していなかったな。報酬は、その都度違う。今は六助さんを入れると五人だから、客が五両払えば一人一両。五十両ならば十両だ」

「そっ、そんなに？」

「身請けにはそれくらいかかるということだ。小見世の花魁でも五十両。大見世の呼び出しともなれば、千両、二千両でも足りるかわからぬ」

それでは最上級の呼び出し花魁を足抜けさせるとなれば、五百両出しても安いものだろう。

仮に百両の仕事であれば、一人二十両という大金が手に入る。日ごろ欲深なほうではないが、ごくりと六助は唾を飲んだ。

貰った金子を貯《た》めていけば、一晩くらいならば銀華とねんごろになることだってできるのではないか、と思ったのだ。

「言っておくが、一両でどうしてもと頼まれることもあるぞ」

苦笑しながら遼天に現実に引き戻されて、六助は恥じ入った。

「は、はい。つい皮算用をしてしまいました」

「六助さんは、あまり欲のない人に見えるのだがな。どんな皮算用をしたのか、退屈しのぎに教えてはくれぬか」

どうやらまだしばらく、このままここで過ごさなくてはならないらしい。

銀華のことを率直に話すことは恥ずかしく、六助は口ごもる。しかし、いろいろと尋ねたいことはあり、花魁について話せるものは他にいなかった。

兄の勘二ならば得々と説明してくれるかもしれないが、その前に散々にからかわれ、冷やかされるに決まっている。

やはり遼天に話そう、と六助は暗い田んぼを見ながら決意した。

「あの、ですね。皮算用というのは置いておいて、ちょうど聞きたいことがあったのです」

「まあ、足抜けを手伝う稼業に首を突っ込んだのだから、知りたいことは山ほどあるだろう。いずれおいおいわかっていくとは思うが」

「ち、違うんです。まったく別のことなんです」

六助はなぜか動悸《どうき》が激しくなってきた胸を、そっと押さえた。

「その……ですね。コナサン、とはどういう意味でしょう」

「うん？」

顎を突き出して眉を寄せた遼天だったが、すぐに表情を明るくした。

「まったくの朴念仁かと思ったが、そういうわけでもないのだな。こなさん、というのは廓《くるわ》言葉で、お前さんという呼び方のひとつだ。他にもいろいろあるが」

実は銀華の最初の一言がよくわからず、六助はずっと気にしていたのだ。

「廓言葉。あ、ああ、そうか。ありんすというのは知っていたんですが」

「見初《みそ》めたのか？　どこの花魁だ。昔は妓楼によって言葉遣いが違ったらしいから、言葉だけでどの見世かわかったのだろうがな。今では随分適当のようだ」

「大門を入って右側の……江戸町《えどちょう》の妓楼ですが、もちろん上がっちゃいませんよ。ただ、張り見世を眺めただけで」

ほう、と遼天は笑みを浮かべる。

「江戸町の一丁目か。腰を抜かすほど恐ろしい思いをしたというのに、気を取られる花魁がいたとはな。そんなに美しかったのか」

「ええとその。……目がくりくりとして、白い頬がふっくらとして、とても好ましい感じがしたんです。笑うと小さな歯が零《こぼ》れて、なんだか玉を転がすような声で」

夢中になって話すと、遼天の酒で赤い目元が少し優しげに緩む。

「惚れたのか。その花魁に」

「ええっ！　ほっ、惚れた、いやそんな淫らがましいことはなにも」

はっはっと快活に遼天は笑う。

「別に、見初めただけなら淫らもなにもないだろう。六助さんはどこまでも生真面目な人なのだな」

「そ、そういうわけでは。ただ、確かにこんなふうに、一人の女性を思うのは初めてのことです。……私は……例のトワズの血のせいで端《はな》からバカにされてしまうような気がして、女人とは親しく口をきいたこともありません。しかし、人並みに興味がないわけではないので、いつもであれば、こんな人が嫁に来てくれたらと想像して……それだけで満足なのです。しかし、花魁ならば金子を払えば私にでもきっと優しくしてくれるのではないか。そう思うと近づきたくてたまらぬような、腹立たしいような、どうしていいかわからぬ心持ちになるのです」

手の甲で額の汗を拭いながら言うと、それが惚れたということだ、と遼天は愉快そうに笑う。

「からかわないでください。相手は大見世の花魁なんですよ。……ま、まあ、でも、もし稲荷隠しの仕事ができるようになったとしたら」

六助はもじもじと小さな声で言った。

「こつこつと金子を貯めて、その上に少しばかり家に無心をすれば……も、もちろん、先々きちんと返しますよ。それであれば、ぜ、絶対に登楼が無理ということはないかもしれないですよね。いえ、しませんよ。登楼なんてしませんけれど、ありえないということもないのかなと」

「ううむ。どうだろうな」

遼天はやれやれという顔をして、それでも窘《たしな》めるというふうではなく、穏やかな目と声で説明をし始める。

「絶対に無理とは言わぬが、なかなか大変なことだぞ。大見世であれば引き手茶屋を通すのはむろん、初会では床をひとつにはできぬからな。……話をするにしても二会目からだ。馴染みになるには三会目」

「そ、そうなんですか？　ええと、私は登楼などしませんが、この界隈に住むものとして今後の参考に……ど、どのくらいあれば」

「うむ。揚げ代は昼三《ちゆうさん》ならば昼だけで三分、一日過ごせば一両半などというが、花魁だけでなく茶屋と妓楼のものたちにも祝儀だ膳の料理だとなんだかんだ増えていくから、まず十両でも足りぬだろうな。さらには二会目であれば裏祝儀もいるし、三会目では馴染み金もいる」

「そ、そんなに……」

あまりの厄介さと金子のかかり具合に呆然としてつぶやくと、遼天は困ったように笑う。

「ここで驚くのは早いぞ。手順をすべて終えても、わっちはいやでありんす、と言われたらそれで仕舞いだ」

「……私ごときに大見世の登楼など無理だと、ようくわかりました」

なんという呆《あき》れた仕組みなのだろう、と六助はげんなりしてしまう。

勘二もひととおりは教えてくれていたのだが、花魁の格式は複雑すぎて、あまりきちんと把握できていない。

西と東の河岸《かし》には、年季が明けても行く当てのない女郎などが働く長屋がずらりと並び、そこならば安いのだとは知っている。

大きな妓楼ほど格式は高く手間も金もかかるが、その手間隙《てまひま》を楽しむのが粋だ通だといわれているのもわかっていた。

それでも、旗本や大名はとうの昔に吉原の出入りは禁止になっているし、紀文《きぶん》などの豪商がすべてを借り切って豪遊するなどというのも昔話となっている昨今は、最高級の遊女とされた太夫《たゆう》という位も存在しない。だから自分にも一度くらいなら手が届くのでは、とうっすら考えていたのだが、甘かったようだ。

「しかし呼び出し花魁は張り見世には並ばんから、六助さんが見初めた花魁は違うだろう。妓楼によっては昼三の中でも格付けがされているようだ」

「昼三に上や下があるのですか？　へ、部屋持ち花魁というのが下だと聞いたことはあります。昼三の次が部屋持ちですか」

違う、と遼天は首を振る。

「昼三の次が付廻《つけまわし》、座敷持ち、部屋持ちだ」

「はあ、なるほど。それでは部屋持ちくらいであれば……いっ、いやいや、あの」

六助はハッとなって、ひらひらと両手を顔の前で振る。

「私はその、親しくなれればいいと思うだけで、金子で身体を好きにしようなどと、そんな皮算用はしていませんから！　そ、それはあの人に対する侮辱ではないですか」

「逆ではないか。吉原で花魁に手を出したくない、と思ったらそちらのほうがよほど侮辱だろう」

「いえ、まずは話をし、互いを知り、てっ、手を出すなどということが万が一あったとしても、すべてはその後のことです。しかし……」

六助は首を傾げ、唇《かし》をへの字にする。

「花魁の階級を愛らしさで決めるのであれば、銀華さんが一番下などということはありえませんよ。きっと呼び出しではなくとも、あの愛嬌であれば昼三でおかしくない……ですが、それだときっと相当に金子が必要でしょうし、せめて付廻……いやいや」

銀華が上位と評価されていて欲しい気持ちと、それでは手が届かないという複雑な思いが交差して、ぶつぶつと六助は独りごちる。

遼天はそれには口を挟まずに、黙って聞いてくれていたのだが。

ふいに、しっ、と人差し指を立てられて、六助はぴたりと口をつぐんだ。

遠くからかすかに、さくさくという音がする。猫の足音のように六助には聞こえたが、すいと闇夜から溶け出したように近づいてきたのは人だった。

「よう、師匠。腰は抜かしてねぇか」

目を凝らして見ると、それはなにやら包みを背負って黒装束に改めた小太郎だ。

「勘弁してくださいよ、小太郎さん」

おそらく自分のほうが年上なのだが、初対面の状況が状況であっただけに、つい六助は卑屈になってしまう。

がりがりと頭をかくと、小太郎は笑いを含んだ声で言った。

「悪ぃな、あんたが人がいいから、ついからかっちまう。さて、遼天の旦那、順序がわかった。今夜は二つあるうちの一番目だ」

「うむ。六助さん、そろそろ動くぞ」

「……はい。で、でもどうすれば」

もう仕事は終わっていて後始末などと言われていたから、あまり六助は深く考えずにくっついてきたのだが、これからなにか起こるのだろうか。

思わず身構えると、再びさっと月が陰って辺りが暗闇になった。

「まだ師匠たちはここにいてくれ。北に行ったら俺がカラスの声で二度鳴く。南なら一度だ。その後、気づかれねぇ程度に離れてからもう一度鳴く。師匠が動くのはそれからだ」

ここに来たときと同様、わずかな足音しかさせずに小太郎は土手を走り、それから楼のほうへと向かった。

「あのう。私は、遼天さんにくっついていればいいんでしょうか」

声をひそめたほうがよいのではと感じて、六助は小声で遼天に囁《ささや》く。

「そうだ。だからあまり緊張しなくともよい。今回の方法では、勝手に向こうから出てきてくれるしな」

「出てくる？　花魁がですか？」

「うむ。間もなくのはずだ」

では堀を乗り越えて逃げ出してくるのだろうか。女一人で大丈夫なのか、と心配しているところへ、かあかあと甲高いカラスの声がした。

緊張に六助は身を固くしたが、遼天はまだ動こうとはしない。と、堤のほうに人の気配がして、息をひそめる。

足音はひとつではないし、ぎっしぎっしと軋《きし》むような音もするから、駕籠《かご》かきかもしれなかった。その気配が遠ざかってしばらくしてから、もう一度カラスの声がする。

「行くぞ」

遼天は茶屋の裏手から堤を北の方向へと歩き出し、六助はびくつきながらもその後を追ったのだった。

周囲がだんだんと怪しい気配に包まれ、背中に冷たい汗をかきつつ遼天ともども六助がたどり着いたのは、なんと寺だった。

吉原で命を落とした花魁はろくに葬儀などされず莚《むしろ》に巻かれ、受け入れてくれる新鳥越《しんとりごえ》の西方寺《さいほうじ》か、あるいはここ、箕輪《みのわ》の浄閑寺《じようかんじ》に葬られると六助も聞いたことがある。

先に来て物陰にひそんでいた小太郎も合流し、三人して門前から少し離れた藪《やぶ》の中にじっと身をひそめて様子をうかがっていると、駕籠ではなく、大きな桶《おけ》を担いだ男二人が現れる。

そして門前まで来ると中から莚で巻かれた大きな荷を出し、どさりと捨てた。

なんの感慨もなさそうに、男たちはやれやれというように軽く首を回すと、もう一度、今度は軽そうに桶を担いで来た道を戻っていった。

その背中が見えなくなり、足音が聞こえなくなった途端。

今だ、とばかりに遼天と小太郎は門前に飛び出した。取り残された六助は、一人きりにされたことにおろおろしながら後を追う。

が、追いつく前に小太郎が手伝ってひょいと莚を担ぐと、遼天は再びこちらへと駆け戻ってきた。

「よぉ、師匠。ちっとばかり辺りを見張ってくんな」

「えっ。み、見張るといっても暗いですけど」

ことのなりゆきについていけず、六助はひどく混乱していた。

ただでさえ夜更けの寺にいることが恐ろしい上に、どう考えても遼天が背負ってきた莚の中身は花魁の骸《むくろ》に違いない。それをこの二人はいったいどうするというのだろう。

ともかく言われたことを遂行すべく、暗い足元に気をつけながら、六助は門前に続く道の周囲を見回した。

月が少し雲から顔を出すと、さっと辺りが明るくなる。けれどいくら首を伸ばして先を見ても、風で動く木々の枝や草以外、なんの気配もない。

「あ。そうか」

首にかけていた数珠の存在を思い出した六助は、これがあるから怪しいものが見えないのだろうか、と思い至った。

一抹の不安はあるものの、すぐ近くには遼天も小太郎もいる。

えいやっと数珠を外した途端に、ぞわぞわと背筋が寒くなってきた。辺りの空気は湿気を含んで重く冷たく、静かというより陰気で寂しい気配が周囲を包んでいる。気味の悪さに両腕で自分の身体を抱くようにし、もう一度首を巡らせたそのとき。

「……あ、うわ」

寺の古い門の上に目を留めて、六助は固まった。

門の向こう側から屋根に両手をかけ、いくつもの無表情な白い顔がのぞいていたからだ。

「よぉ、どうした。なんかあったのかい」

首をひねったまま硬直している六助に、小太郎が気づいて言う。

「あ、あの。早く。早く、逃げたほうが」

門の上を懸命に指さして、あうあうと唇を震わせて忠告すると、遼天はすぐに事情を悟ったらしい。

「なるほど、かすかに怪しい気配があるな」

六助の視線の先を追い、すたすたとためらいなく門前に歩いていく。

近づかないほうがいい、と六助が止める間もなく真正面に立った遼天は、低い声でなにやら唱え始めた。

はっきりとは聞き取れないが、六助を助けたときと同じではないかと感じる。

「……ハラバリタヤ、ウン」

遼天が唱え終えると、恨めしげにこちらを見つめていた白い顔は、たちまち光の粒となって消えてしまった。

「す、凄い。あっという間にやっつけてしまったんですね」

恐怖から解放されて思わず笑みを浮かべた六助に、戻ってきた遼天はなんともいえぬ表情で首を振った。

「いや、それは違う。浮かばれぬものたちの魂を浄土へ送ったのであって、断じてやっつけたわけではないぞ」

「あっ。……すみません。あまり恐ろしかったので」

謝る六助を慰めるように、遼天はつけ足した。

「しかし六助さんがああした気配を教えてくれて助かった。気づかぬまま怒らせると、音を立てたり道に迷わせたりと、邪魔をしてくることがあるからな」

では少しは役に立ったのだ、と再び数珠を首にかけて気を取りなおした六助は、草の上に横たえられた莚を見下ろす。

「それであのう。なにをする気なんですか」

先ほどから座り込んでいる小太郎は、せっせと莚をきつく縛っている荒縄を解いていた。それを終えると、一息に莚を開く。

恐る恐る見つめていた六助は、ハッと息を飲んだ。

そこには眠っているように安らかな顔をした、夜目にも白い肌に襦袢《じゅばん》をまとった女が横たわっていたからだ。

目の当たりにした遺体に六助は必死に手を合わせるが、遼天も小太郎も頓着した様子はない。

小太郎は次に背中の荷を解き、中からごく地味で質素な女物の着物を出し、仏の身体を起こして着せかけている。それが終わると腰をかがめた遼天に女を背負わせ、次に棒のついた挟箱《はさみばこ》を六助に担がせた。

「これは、薬箱ですか？」

まだ事態を飲み込めていない六助が尋ねると、小太郎はうなずく。

「医者が急病人を背負ってるふうに見せるんだ。旦那が医者で、師匠が使われてる若党って寸法さ。まあ、こんな夜更けに人に出くわすこたぁ滅多にねぇが、念には念を入れねぇとなぁ。この姿なら、遠目にどっかから見られても不審に思われねぇ」

「そ、それであの。この仏様をいったい、どこへ」

これには遼天が答えた。

「山谷堀《さんやぼり》の船宿だ。走るとかえって目立つ、できる限り急いで歩いてくれ。次の仏が来る前に引き返さねばならん。行くぞ」

そう言い放つと立ち上がり、遼天は凄い早足で歩き出す。

六助を背負ったときもそうだったが、まるで重さなど感じていないかのようで、ともすれば走らないと置いていかれてしまいそうだ。

小太郎は、と見るとすでに黒装束の細身の肢体は闇にまぎれ、姿はない。

戻る道は来るときよりも、さらに六助の胸中は複雑だった。花魁を足抜けさせるなどと言って、これはいったいどういうことなのか。

仕事がほぼ終わっている、と言っていた意味はわかった。向こうから出てきてくれたのだから、楼の中から逃がすという最大の難関は越えている。

遼天に足抜けを頼んだ客は、せめて遺骸でもいいからと引き取りたがっているのだろうか。

行き先は船宿だという。以前、小太郎が刻限まで待つのに『お澄さんの船宿』を使えば、などと言っていたことがあるから、きっと一味なのだろう。遠くから来る遊び客の多くは猪牙舟と呼ばれる小船を利用するため、吉原に近い山谷堀には中継ぎの船宿が軒を並べていた。

だからもし船宿が味方であれば、そこから船を出してもらえるというのは、花魁を逃がすに当たって随分と都合がいいのではないだろうか。

「そ、そうだ、遼天さん。今夜は舟を用意していないから無理ですが、船宿へ行くのであれば、水路を舟で戻ればいいではないですか」

だいぶ疲れてきた六助は、この方法なら楽ではないかと思いついて言ったのだが、遼天は息も乱さずに答えた。

「吉原から運ばれてくる仏は、一晩に一人とは限らん。こんな夜更けにすれ違えば目につくからな」

聞いてようやく六助は、寺の近くまで仏が舟で運ばれてきたのだと悟り、なるほどと納得した。それにしても遼天の体力は凄い。まるで天狗のようだとこっそり思う。

こちらは日ごろあまり運動をしていないせいか、すでにぜいぜいと肩で息をし始めているというのに、遼天の歩く速度はまったく衰えず、むしろ速くなっているくらいなのだ。

背に女とはいえ人間を背負っている遼天に、待ってくれとは情けなくて言えず、空の挟箱を担いで懸命に六助はその後ろ姿を追う。

相変わらず、月は出たり陰ったりを繰り返し風は冷たいが、今の汗だくの六助には心地よいくらいだ。

改めて真っ暗な浅草《あさくさ》田んぼを横目に見ても、やはり怪しい気配はなにもない。

夜がこんなにおとなしくひっそりとしているだけのものならば、むしろ昼より好きかもしれない、と六助は生まれて初めて思っていた。

けれどこれも数珠と遼天の存在があるからで、一人きりでいたらどんな怪異が見えているかわからない。

吉原に通じる衣紋坂を右手に見る辺りまで戻ってきたところで、ちらりとそちらに目をやる。くの字に曲がった坂のため、ここから大門は見えない。

それでもやはり楼の辺り一帯は、独特のねっとりした赤黒い瘴気《しょうき》のようなもので包まれている感じがした。

遼天は無言で、もう六助は息が切れて話しかける余裕がなかったため、二人は黙ったまま暗い堤をひたすら急いだ。

ようやく船宿が並んだ山谷堀まで来ると、遼天は祥風屋《しょうふうや》という宿の裏手へと回る。

裏木戸から少し離れた板を三回、一回、二回と叩くと、それが合図であったらしく、戸があるなど一見してもわからない場所がカタリと動き、内側から開いた。

ひょいと顔を出したのは、驚いたことにすでに黒装束から普通のなりに改めた小太郎だ。

小太郎も遼天も一言も話さぬまま素早く中へと入り、六助もそれに続く。

中はいきなり狭く急な梯子《はしご》になっていて、二階を通り越して屋根裏まで続いている。梯子を上り終えるとそこはとても広い板の間になっていて、行灯の明かりがついていた。

屋根裏とはいえ火鉢も箪笥もあり、そこで生活できるくらいのものはひととおりそろえてあるようだ。

部屋の一角に三畳分の畳が敷いてあるのだが、そこに前もって用意されていた布団の上に、遼天はそっと娘を横たえた。

布団の脇にはなにに使うのか、水桶や茶碗、手拭いなどが並べられている。

次に遼天は枕元に座ると、なんのためらいもなく女の襦袢の袂を開いた。

薄暗い行灯に浮かび上がった真っ白い肌と豊かな乳房に、思わず六助はぎょっとする。

いかに亡骸《なきがら》とはいえ、女の素肌は充分に艶かしい。

見てはいけない気がして顔を背けると、遼天の正面に座った小太郎が、片方の手をひらひらさせて手招きする。

「おい、師匠。助平心出してあたふたしてねぇで、こっちに来い」

「だっ、出してませんよっ！」

「じゃあ旦那の横に座って、きっちり見やがれ。今回のは、一番よく使う手だ」

「……はあ」

事情が飲み込めないまま、六助は言われるままに正座した。

しばらく、まるで生きている相手を診《み》るかのように女の首筋や胸に手を触れていた遼天は袂をもとに戻すと、茶碗になにやら粉薬のようなものを入れ、水差しから水を注ぐ。

そんなものをどうするつもりなのだろう、と六助は眉を顰《ひそ》めた。

すると遼天は、かすかに開いている女の唇に最初は濡らす程度に、次はわずかに零すようにして茶碗の液体を注ぎ始める。

じっと息を殺して見つめていた六助の頭に、ふと浮かんだことがあった。まさかとは思うのだが、遼天のことだからありえないとはいえない。

「あの。もしかして……法術かなにかで、生き返らせるとでもいうんですか?」

突拍子もない質問をしたと思いきや、落ち着いた声が返ってくる。

「いや。そもそもこの花魁は、まだ死んでおらぬのだ」

「まだ? ど、どういうことですか?」

女の口に液体を注ぎ込む手を止めずに、遼天は言う。

「このまま放っておけば、あと一日もすれば確実に命を落とすだろう。すでに心の臓はかすかにしか動かぬし、皮膚は冷たく呼吸もほとんどせぬ。その辺の医者が見立てても、突然の発作で死んだかあるいは間もなく死ぬ、としか思えんだろうな。そのようになる毒を飲ませたのだが、今飲ませている解毒の薬湯が効いてくれば、ようよう目を覚ます」

「解毒! では、生きているんですか! よ、よかった……」

亡骸を寺から奪うように運んでくる行為に、死者を冒瀆《ぼうとく》しているような後ろめたさを感じていた気持ちが消え、六助は胸を撫《な》で下《お》ろした。

「この様子なら朝日が出るころには、目ぇ覚ますんじゃねぇか」

こちらと反対側の枕元に腰を下ろした小太郎は、手拭いを濡らして絞り始める。

六助は思いもよらなかったこのからくりに、心底感心してしまった。

「凄いです！　こんな方法があるのなら、花魁たちを逃がすなんて簡単じゃないですか。どんどんやりましょうよ」

しかし正面の小太郎は肩を竦め、手拭いをぽいと遼天に渡した。

「そんな甘っちょれぇわけねぇだろ。この手が使えるのは、花魁といっても安い河岸女郎《かしじょろう》くらいだ。それも年中じゃあ怪しまれる。大見世の売れっ子花魁だったりしたら、生死どころか死んだ理由まできっちり調べ上げるまでは、こうも簡単にはポイと寺に投げ込まれたりしねぇんだよ」

「な、なるほど、そういうことですか……」

ではこの女は河岸女郎なのか、と改めて六助は白い顔をまじまじと見つめる。

年季が明けても借金が残っていたり、身体を病んだり、年がいったものが河岸の長屋女郎に落とされると聞いていたが、目の前にいる花魁は紙のような顔色をしているものの充分美しく見えた。

もしかしたら客や他の花魁と揉《も》めごとでも起こして、河岸に移ったのかもしれない。

「苦労されたんでしょうね」

つぶやくと、丁寧に女の口元や額を手拭いで拭っていた遼天がうなずく。

「かつては中見世の人気花魁だったらしい。どの花魁もそれぞれに、複雑な事情を抱えているからな。妓楼でうまく立ち回れぬ花魁ほど、抜いて欲しいと客から頼まれる」

「そういうものなんですね……」

なんだか神妙な気分で、六助は薄暗い行灯の明かりの中、まだ眠っている女を見つめていた。

言葉さえ交わしていないが、袖触れ合うも多生の縁、この花魁が先々幸せに暮らすことができればいいなと思う。

と、とんとん、となにものかが階段を上がってくる足音がする。

六助はぎくりとして身構えたが、遼天も小太郎も平然としているため、すぐに警戒を解いた。

「どうだい、様子は。ああもう遼天さんのせいで酒臭いったらありゃしない」

木戸を開けて入ってきたのは、薄藍に裾模様の入った小袖を着た、すらりとした女だった。

「おや、見慣れない顔が混ざってるじゃないか。遼天さん、紹介しとくれよ」

近づいてきて隣に座った女が行灯の明かり越しに、ただならぬ美貌の持ち主だと気がついて、六助は顔が熱くなるのを感じる。

年はかなり上だろうが、切れ長の目元になんともいえぬ色気があり、すっと細く通った鼻梁《びりょう》も艶やかな唇も、花魁のように濃い化粧など施しておらなくても垢抜《あかぬ》けていて美しい。

「勝手に上げて悪かったな。この人は六助さん。花川戸で手習い所の師匠をしているそうだ」

「へえ、お師匠さんかい。そんな人をなんだってここへ連れてきたのさ。まあ遼天さんと一緒ってことは、信用できるお人なんだろうけども」

怪訝そうなお澄に、ひととおり遼天はいきさつを説明する。

が、六助が恥ずかしそうにしていることを察してか、ありがたいことに腰を抜かしたことまでは言わずにいてくれた。

遼天が話し終え、この美しい人に蔑まれるのではないかと思わず六助は身を固くする。

けれど柳眉を八の字にして、気の毒そうにお澄は言った。

「それはひどい目にあいなすったねぇ。ご先祖の血筋が原因じゃあ、自分じゃどうにもできないってのに、その上に周りからわかってもらえないんじゃ辛いもんだわ。でも大丈夫。これからは変なもんと出くわしたら、いつでもあたしんとこに逃げてらっしゃいな」

とん、とお澄は自分の胸を叩く。六助はすっかり感激して、ともすれば涙を零してしまいそうだった。

怪異と出会ったことについて女人からこんな優しい言葉をかけてもらったのは、母親を含めて初めてだったのだ。

「あ、ありがとうございます。ぜひそうさせていただきます」

銀華に対してのときのように、動揺するほどときめいたというわけではないのだが、自分に優しくしてくれる異性などいるはずがないとあきらめつつも伴侶を待ち望んでいる六助としては、少しでも縁を感じると、たちまち所帯を持つことを想像してしまう。こんな美人でしっかりものの年上の人ならば、きっと貞淑で夫に尽くす妻になるのだろうと考えて、思わず六助の顔は緩んだ。

目ざとくそれに気づいたらしく、小太郎がにやりと笑う。

「師匠もなかなかやるじゃねぇか。オツムの固そうなふりして、さてはむっつり助平だな」

「こら小太郎。なんでも話を下に持っていくんじゃないよ」

からかう小太郎を、ぴしゃりとお澄は制した。

「人間ってのはね、誰にもわかってもらえない苦しみを一人っきりで抱え込んだら、どんどん人でなしになっちまうものなんだ。あんただってわかってるだろ。旦那だって」

「ああ、悪かった悪かった。花魁の頭の上で揉めるのはやめようや」

急いで宥めるように言ってから、小太郎が六助にお澄を紹介する。

「で、師匠。これが船宿のおかみのお澄さんだ。べっぴんだが気をつけな。雷神さん並みに気が強ぇんだ」

「そりゃあ、あんたがくだらないことばっかり言うから、あたしも菩薩《ぼさつ》じゃいられないってだけさ。六助さんみたいに真面目そうな人には、あたしは至って優しいのよ」

顔を近づけて言われ、からかっているのかもしれないと思いつつ、女馴れしていない六助はますます鼻の下を伸ばしてしまう。

「は、あの、真面目だけがとりえです」

「それで充分よ。この界隈じゃ、遊び人が大きな顔をしてるけどね。粋だ通だなんて言っても、真面目な男を好ましく思う女は大勢いるんだから。もっと胸を張りなさいな、六助さん」

にっこりと笑われて、六助は夢中で何度もうなずいた。お澄は軽くうなずき返してくれてから、さてと、と表情を引き締める。

「この娘、だいぶ顔色が戻ってきたようね。ここからは、あたしの仕事だ」

「……どうするんですか？」

「髪を町娘らしく結いなおして、なるたけ地味な着物を着付けて、昨晩は八卦見の旦那といいことした帰りです、ってな具合に見えるようにしてから二人一緒に舟に乗せるのよ」

「なるほど……その後は？」

「向島の旦那の住処《すみか》に向かって、頼んできた客に無事引き合わせたら、そこであたしたちの仕事は終わり」

ふうん、と腕組みをして六助は、初めて知った稲荷隠しの一仕事の最初から最後までを、頭の中で整理した。

そろそろこの仕事の一味に加わるかどうか、答えを出さなくてはならない。

もちろんご公儀には認められないどころか、バレたら大変な罪に問われるだろうが、道義的には悪いことではないと思う。それにさまざまな呪文や外法が使える遼天がいてくれるのであれば、バレることはないのではないかという、信頼感があった。

そして今の自分の仕事には限界を感じているし、親の援助がなくては食うにも困る有様だ。その援助も、いつまで当てにできるかわからない。本格的に呆れられたら、勘当されることだってありうるのだ。恩人である遼天に対する信頼感と、金銭的な事情。さらにもうひとつ、六助の心を揺さぶるものがある。

それはあの、銀華との出会いだった。

なにもかもが半人前の状態でいることが、家族のために身を売ったであろう華奢《きゃしゃ》な少女のことを考えると、後ろめたく思えて仕方なかったのだ。

臆病でいまだ親の脛を齧っている自分が、この仕事に関わることで少しは変わることができるかもしれない。

――そうだ。……私は変わりたいんだ。今のままでいたら銀華さんにしても、お澄さんにしても、こんな頼りない私が話すことさえおこがましい。眠って目を覚ましてを繰り返すうちに、燃えている火が小さくなっていく……なんの楽しいこともなく、生き甲斐もなく、恋もせず。年を取る以外に成せることがなにもない……そんな毎日はもういやだ。

膝の上に乗せた両の拳を、六助はぎゅっときつく握った。

「じゃあ、あとはお澄さんに任せるってことで俺ぁ帰るぜ。今回の分け前を……」

「あっ。待ってください」

腰を上げかけた小太郎を、六助は慌てて止める。

「あのう。私がこの仕事をさせてもらうかどうかということなんですが。みなさんがおそろいのうちに返答させていただきます。も、もし私にできることが……あるんでしたら」

「やってくれるか」

遼天は嬉しそうな声で言い、小太郎は唇を捻じ曲げて座りなおした。

「本当にできるのかよ、師匠。いちいち腰を抜かしてたら、この稼業はやってらんねぇぞ」

「はい。さっきのようなお手伝いくらいであれば、務まるのではないかと」

「ぜひ頼む。……では、今回の取り分だが」

懐から銭入れを出した遼天を、六助は手のひらを突き出すようにして押しとどめた。

「とんでもありません。私の分は、次からお願いします。今夜は走っただけで、なにもしてませんから」

「まったくだな。寒兵衛のおやじのとこで食った飯で充分だろ」

恐縮して遠慮する六助に、小太郎は笑って同意する。

だが遼天は、半端な分だ、と一分金を二枚も渡してくれた。とても受け取れないと固辞する六助には構わず、他の三人に三両ずつ配る。

「まあ、とっとけよ師匠。晴れて仲間に入った祝い金だ」

小太郎が言い、お澄もすすめるので、六助は受け取って深々と頭を下げた。その拍子に首にかかっていた数珠がずれ、かちりと音をたてる。

「そうだ。遼天さん、これをお返しします」

返したくない気持ちもあるのだが、仕事の間だけという約束だったはずだ。それに夜明けもそろそろ近い。

六助は思いきって首から外すと、遼天へ差し出した。

「大丈夫なのか？　まあ、ここは吉原ほど亡霊の心配はないだろうが」

「まったくなにもない、ということはないと思います」

顔をしかめて六助は言う。

「大川には土佐衛門《どざえもん》も上がりますし、水に棲《す》む怪しい生き物もいるでしょう。……なので、できましたら朝日が上るまでここにいさしていただければ」

「あたしは構わないよ。これからこの娘の支度にかかって、どうせ寝る間はないんだから。遼天さんと一緒に出ればいいじゃないの」

お澄が承諾してくれたため、六助はホッとする。

小太郎だけがねぐらに戻ると先に出ていって、六助が花川戸に戻ったのは、町木戸が開いて間もない明け六つ。

兄に誘われて家を出るころには想像もしていなかった長い一日が、ようやく終わったのだった。


生まれて初めて吉原大門をくぐったあの日。遼天に助けられたことがきっかけで、六助が稲荷隠しの一味として働き始めてから、三か月が経過した。

花を抜くに当たっては当日の作業だけでなく、あらかじめ下準備が必要なこともあり、なにかと慌ただしいので手習い所は閉めてしまっている。

仕事はほぼ半月に一度くらいで、遼天が自ら六助の家を訪ねてきて、前もって手はずを細かく伝えてくれた。

河岸や小見世の女郎の場合は警戒も緩く、楼の側でも病気となればあきらめがつきやすいのか、あまり難しいことはない。最初に六助が手伝ったときのように死んだと見せかけて抜く方法は、遼天たち一味の中では花氷《はなごおり》と呼ばれていた。

しかし中見世以上の花魁となると監視も厳しいため、手はずはかなり複雑になる。

遼天たちの話によると、かつてより監視の目は厳しくなっているのだという。稲荷隠しのいくつかある足抜け手段の中には、ぐるりと吉原を囲んだ堀を越えさせて逃亡させる手立てもあるらしい。花渡《はなわた》しといわれている方法だが、今の状況では不可能になっている。一日中、おはぐろどぶの周囲を若い衆たちが交代で見張りをするようになってしまっていたからだ。

だがそれは稲荷隠しの一味が働けば働くほど足抜けする花魁が増えているのだから、当然のなりゆきともいえる。こんな場合に揚屋町にある寒兵衛の蕎麦屋は、まったく都合のいい場所だった。揚屋町は遊女たちが来ても不自然な場ではないし、二階の隠し部屋に入ってしまえば、逃亡の支度がゆっくりできるからだ。

早朝の吉原には野菜や魚の市が出るからその大八車や大きな樽《たる》に忍ばせたり、出入りの商人の行李《こうり》に隠したりするのだが、樽も行李も娘の寸法に合わせて細工が施されていた。底を二重にするなどの工夫で、傍目《はため》からは中をのぞいても、とても人が入っているなどとはわからぬようにしてあるのだ。人間というのは思っているより、小さな隙間に収まってしまうものらしい。

重たい行李を担ぐ商人に扮《ふん》するのは大抵が遼天で、大八車を引く八百屋には小太郎が扮することもある。それらの方法はまとめて、花箱《はなばこ》と呼ばれていた。

扮装以外で吉原を歩く際には二人とも笠や手拭いで顔を隠していることが多く、六助もそれにならっているのだが、場所柄それはちっとも不自然ではなかった。

計画の立案、力仕事、場合によっては追っ手と切り結ぶ役割は遼天。妓楼に忍び込み、花魁をかくまい、仕掛けの施された道具を作る大工仕事は寒兵衛。一時的に花魁を取り返したり事前に薬を仕込むなどは小太郎の仕事だ。

六助はもっぱら見張りに立ち、逃げる際に怪しいものがいそうな方向は避けたり、花魁が着替えるための衣類を調達したり、スリにあったと騒いで人目を引きつけたり、遼天と一緒に格子越しに水晶の炎を見るのに精を出している。やることは少なくないがいずれも簡単で、言ってみれば雑用係のようなものだ。

さすがに難易度も危険の伴い方も違うから、と手当は他の者たちの半分にしてもらっているのだが、それでも手習い所より、よほど稼ぐことができていた。

このところじめじめと雨の日が続いていたが、久しぶりに青い空がのぞいたこの日、六助は遼天と一緒に吉原に出向き、昼見世の花魁たちを眺めている。

仕事中は数珠を首から下げているおかげで、滅多に怪異に出会うことはなかった。

「少しはこの町にも慣れてきたのではないか、六助さん」

「はい。このお数珠があれば怪異はほとんど見えませんし、吉原のどこになにがあるかも、だいぶ頭に入ってきました」

吉原というのは枡《ます》を半分割するようにして、上に魚の骨を置いたと思えばわかりやすい。

真ん中の背骨部分に縦に一本、仲の町と呼ばれる引きつけ茶屋の並んだ大通りがあり、左右にあばら骨のように八本の通りがある。

左右の通りにはそれぞれ江戸町、堺町《さかいちょう》、角町《かどちょう》などと町名がつけられていて、揚屋町以外は張り見世が並んでいた。

東端と西端には下級遊女たちが客を取る長屋が連なり、外側をぐるりと塀と堀が四角く囲むという覚えやすい配置だ。

「ちょいと、酔いどれの『うら屋』さん、お願い」

話しながらぶらぶら歩くうちに、急に遼天が格子の前で花魁に声をかけられ、足を止めるのはいつものことだ。

「では占ってしんぜよう」

花魁に頼まれて、遼天は袈裟袋《けさぶくろ》から筮竹《ぜいちく》を取り出す。

好いた男の気持ちが気になるのか、それとも故郷の家族を案じてか、花魁たちの多くが、競うようにして八卦を見てもらいたがった。特に遼天は当たると評判らしく、日によっては花魁たちのまとめ役である遣《や》り手婆《てばば》までが徳利の酒を手に、占って欲しいと楼を出てくる。

遼天は不思議な男で、いつも酒の匂いをさせてホロ酔い気分らしく、豪快、豪胆でありながら人当たりは柔らかい。精悍《せいかん》な顔に体は大きく力も強く、お澄たちの話では大名や大見世が得意客で相当に稼いでいるというから、傲慢《ごうまん》に振る舞おうと思えば容易《たやす》いだろうに、誰に対しても寛大で親切だった。

だから八卦が当たるというだけでなく、遼天と話がしたくて声をかけてくる花魁もいるのではないかと六助は密《ひそ》かに思う。

恩人として頼もしくもあり、同じ男として羨ましくもあった。

「待たせたな。行こう、六助さん。次に抜く花は角町の見世だ」

間もなく当初の目的地であった角町の格子の前へ到着すると、六助は首から数珠を外して懐へ仕舞い、目当ての花魁を遼天に教えてもらうと、例によって水晶の勾玉をかざした。

今回抜くように頼まれたのは青北《あおぎた》という、器量よしというよりは愛嬌が勝る花魁だった。

水晶の玉越しに透かし見た六助は、これは、と目を丸くする。

「なんだか、すごく元気というか、生きがいいというか……」

それを聞いて、遼天も苦笑した。というのも炎の勢いが水晶から飛び出しそうに赤々と激しかったからだ。

「おそらくよい客に巡り合ったか、これから出会う運命なのだろう。人相にも、そう出ている。今回の花はこのまま抜かず、ここで咲かせておいたほうがよさそうだ」

水晶玉を仕舞った遼天は、またも乞われるままに格子越しに花魁たちの八卦を見始めた。

六助は数歩下がって、その様子を見守る。

——苦界といわれる吉原でも、運を切り開く逞《たくま》しい娘もいるのだな。

ぼんやりと物思いに耽《ふけ》って立ち竦んでいた六助は、背後になにかの気配を感じ、ハッと振り返る。

と、そこには見覚えのある娘が立っていた。

「なによ、うっかり蛙でも踏んづけたみたいな顔してさ」

銀華と初めて出会ったとき、六助を野暮天だと揶揄《やゆ》した意地の悪い野良猫だ。

「えっ。あ、いや、気がつかなくて申し訳ない。足でも踏んでしまいましたか」

「別になんにもしてないわよ。あんたの頭は随分軽いのね。大の男がこんな小娘に簡単に頭を下げるもんじゃないわよ」

腕を組み、ふん、と娘は空を仰ぐ。なんて勝ち気な娘だろう、と六助は辟易《へきえき》した。

どう対処していいかわからずどぎまぎしている六助を、娘はじろりとねめつける。

「ねえ、あんた、昼間っからそこの見世に上がろうっての？　袖を煙管で引かれても、なんにも気がつかなかった野暮のくせに」

「あ、あんたあんたと気安く呼ばないでください」

「じゃあなによ」

「私は、手習い所の師匠をしている六助と申します」

すでに師匠は廃業しているのだが、生意気な娘に気分を害していた六助は、見栄を張ってそう言った。すると娘は、パッと表情を明るくする。

「へえ、お師匠さんなの？　なんだい賢いんだね、見直しちゃった。それに六助って、なんだか……すごくいい名前じゃないのさ！　だって反対にすると」

「そっ、それがどうかしましたか？　別に、六番目に生まれたというだけの名前ですよ」

六助は娘の言葉を遮るように言う。色男の代名詞のようになっている、芝居の『助六』をまさに逆さまにしたようなやつだ、と兄弟や近所のものにからかわれたことは一度や二度ではなかったからだ。

自分でもまったくそのとおりだと常々思っているため、またいつものようにバカにされていると感じ、つい身構えてしまう。

「あらそう。なんでもいいけど、気に入ったわ。それじゃあ、お師匠さん、あたしに文字を教えてよ。ねっ、いいじゃない」

「はい？　こ、こんなところで、そんなことを急に言われても」

六助がうろたえたのは、娘の押しの強さだけではない。ふくれっ面のときはなんと小憎らしいとしか思わなかったのだが、笑った顔は一転してとても無邪気で、その変わりぶりにどきりとしてしまったからだ。

「大丈夫よ、ほら、ちょっと座って」

地面にしゃがむと、娘は棒切れを拾って六助に差し出した。

「あかね、ってどう書くの」

「……茜《あかね》色の茜ですか。でしたら」

「ああ、言っとくけど仮名でいいの。難しいのは覚えられないから」

仕方なく隣にしゃがんだ六助は、棒切れを受け取って地面にがりがりと三文字を書く。

「この、か、はわりと簡単なんだけど。あ、ってわかりにくいのよね」

「とにかく覚えるまで何度も書いて練習することです。あかね、というのはもしかして名前ですか？」

「そうよ。茜って呼んでいいわよ。だって字を教えてくれたんだから、六助さんはもうあたしの師匠だもの」

返した棒で、六助の手本を見ながら字を書き始めた茜に明るく言われて、六助は照れた。

「うちのおとっつぁんは、博打《ばくち》好きでね」

茜は明るい声で、淡々と身の上を語る。

「病身のおっかさんの面倒をみながら、あたしが傘張りをしたりくず拾いで稼いでたから、手習いに通う暇もなくってさ」

「そうでしたか……」

こうして話を聞いてみると、根は随分と素直な娘のようではないか。苦しい生活の中、辛酸を舐《な》めてきたのだろうから、そのせいで攻撃的になっているのかもしれないと思えば、暴言すら哀れだと思えてくる。

顔立ちも天女とまでは思えないが悪くはないし、こんな勝ち気な娘が嫁になったら毎日がにぎやかだろう。

多少は喧嘩《けんか》もするだろうが、それはそれで飽きなさそうだ。

例によってそんな都合のいい想像をしてから、六助は機嫌よく言った。

「師匠だなんて、そんな大げさな。ええとそうだ、茜さんは、どこの妓楼で働いているんですか」

照れ隠しに尋ねると、茜は曖昧に揚屋町のほうを指さした。

「それはね。あっち。あっちのほうよ」

寒兵衛の蕎麦屋もある揚屋町は妓楼以外の商店が軒を連ねてはいるが、合間に小見世もあるから、その中の一軒らしい。

「それがどうして、こんなところへいるんです。昼見世は」

「昼はやる気がなくて寝ちまってる女郎もいるし、花魁にだって休みはあるわよ。ねえ、知ってる? 昔の太夫ってのは、すっごく頭がよかったんだって」

なんだか腑《ふ》に落ちない返事ではあったが、茜はさっさと話題を変えてしまった。

「まあ、あたしみたいにそこそこ年がいってから売り飛ばされたんじゃなく、禿から吉原で育った生粋の遊女は上から叩き込まれてるから、大見世の花魁ともなれば今でも別だろうけどさ。太夫ってのはお殿様の相手もしたって言うじゃない。三味も舞いも琴も上手で歌も詠めてお姫さんよりきれいで賢い、そんなのが太夫だったらしいのよ」

「へえ。そうだったんですか」

「そうよ、天上人のお相手をしたのよ。だからあたしもさ、吉原でおまんま食ってるものの端くれとして、あんまりおつむが弱いと恥ずかしいかなって。せめて名前くらい書けないとね」

言うと茜はすっくと立ち、ぺこりと頭を下げた。

「教えてくれてありがと、六助さん。また会えたらいいね」

「あ、ああ、はい」

「やれやれようやく終わった。六助さん、今日はもう引き上げよう」

茜が背を向けると同時にちょうど遼天に声をかけられ、六助はそちらへと駆け寄った。

「終わりましたか」

「また来るからと言って仕舞いにした。きりがないからな。随分と待たせてしまっただろう」

「いえ、私は……」

あの娘と話をしていたので、と六助は茜の背中を通りに探したが、すでに人々に交じってわからなかった。

「どうした。知り合いでもいたのか」

「いえ、小見世の娘に話しかけられただけです。それより、今日の仕事はこれでもう終わりですか」

「ああ。今日はもう……いや」

ふいに遼天は、通りの先になにかを見つけたというように、遠くの一点を見つめながら言った。

「……実はもう一仕事ある。というより慣れてくるのを待って、ぜひ六助さんに頼もうと考えていた仕事があったのだが、ちょうど今が頃合いのようだ。頼めるか」

「はあ。確かに少し慣れてはきましたが、いったいどんな仕事でしょう」

六助は首を傾げたが、そこでハッと顔を上げる。

「あの。うまく言えないんですが、なんだか……変なものが近づいてくるような」

にわかに不安に襲われて、六助は遼天の背中に張りつくようにする。

夜より人は少ないとはいえ、昼は昼で吉原はにぎやかだ。通りには明るい陽光が降り注ぎ、昼見世を利用する客や、商売をするものたちが忙《せわ》しく行き来している。

だというのに六助は、首と背中の間の産毛がざわざわと立ち上がるようないやな予感に怯え、立ち竦んでいた。

遼天の目つきも、いつもの酔ってどこか茫洋《ぼうよう》としたものではない、鋭いものになっていく。

「そ、そうだ。これをかければ、落ち着きますよね」

六助が慌てて首に数珠をかけようとすると、遼天は意外なことを口にした。

「すまぬが、数珠はしまっておいて欲しいのだが」

ええっ、と六助は仰天して首を振る。

「こ、こんなときにお守りがなくては、間違いなく私は……見ます。この感覚は絶対に見えてしまうときのものです。これまでの経験からよくわかっているんですよ」

「だからこそだ。さっき俺が話した仕事というのと関わりがあるものが、こちらにやってくる。六助さんが近づいてくると感じた変なものというのが、まさにそれだろう」

「いったい、なんなのですか」

六助は情けない声を出し、遼天の袖にすがりついた。

「この前のような、あんなおっかない思いをするのはご免です。ま、また腰を抜かしてしまうかもしれません」

「ならばまた俺が背負ってやる。……頼むからこれから俺たちの前を通る男を、しっかと目を開いて検分してくれ。大部分の人間には普通の男にしか見えぬ。俺にも、尋常でなく怪しい男としかわからぬ。しかし、六助さんにならその本性までわかるのではないか」

「男……？　人間の、ですか」

眉を顰めて六助は、遼天が見ている方向へ視線を向けた。

仲の町を歩いているものは一人二人ではないが、確かにその中に、いやな空気をまとったものがいる。

「……あの、ちらちらと黒羽織の裏に真っ赤な縮緬《ちりめん》がのぞく、灰色の頭をした……なんだか妙に目立つ人ですよね」

「うむ。やはりわかるか？　実はお主を仲間にと見込んだのは、あの男の正体を確かめて欲しいという理由もあったのだ」

恩人がそうまで頼むのであれば、見ないわけにはいかない。六助は震えながらも、懸命に頭を巡らせた。

人間であるならば、そんなに怖がることはないではないか。もしなにかの霊にとりつかれているのであれば、気の毒なことだ。

それに自分はこの仕事をして、臆病ものから一人前の男に変わると決意したのではなかったか。

「わ……わかりました。よく検分してみます」

六助は出しかけた数珠を、再び袂へと仕舞う。

遼天はうなずき、六助を背に庇《かば》うようにして茶屋の軒下に立った。

広い肩越しから顔をのぞかせるようにして、六助は男がやってくる方向へ視線を動かす。

ぱっと見た感じでは、顔のつくりそのものは女のように整っているのだが、目つきのひどく悪い男だ。顔色は蒼白で、肩の辺りでざんばらりと広がった灰色の髪は、まるでさらし首のように見える。とはいうものの、派手な着物は仕立てがよく、羽振りがよさそうだとうかがえる。ところがさらに男が近づき、じっと目を凝らしたそのとき。

「……ひ……っ」

六助は、息を飲んで棒立ちになった。

男の全身から黒いゆらゆらとした陽炎《かげろう》のようなものが立ち上ったと見えた刹那、その姿はすでに人ではなくなったのだ。

額には両の眉毛の上に、尖《とが》ったコブのような盛り上がりが見える。そして腕組みをしているため左手は隠れているが、上になった右手の爪は、まるで鷹《たか》のくちばしのように鋭く、長かった。

そんなとんでもない化け物が悪い夢でもあるかのように、立派な衣類をまとって歩いているのだ。

だんだんと男が近づいてくるに従って、六助の背には冷たい汗が幾筋も流れる。

かちかちと歯を鳴らし、早く通り過ぎてくれと願ったのだが。

男はなにを思ったのか、ふいにこちらに首を巡らせた。自分には本当の姿が見えていることがわかったのだろうか、と六助は顔を強張らせる。

いやな予感というのはことごとく当たるらしく、男は向きを変え、まっすぐにこちらへ向かって歩いてきた。ぎゃあっと悲鳴を上げて逃げなかったのは、肝が据わっていたわけではなく、声も出ず身体も強張って動けなかったからだ。

「……ご用ですか」

尋ねる遼天の声は、まったく動じたところがなく落ち着いている。今にも恐怖で卒倒しそうな六助は、その背後で亀のように首を竦め、固く目を閉じていた。

「——どこぞで、以前に見知っているような」

男の声は、ざらりとしてひどく耳触りが悪い。喉でも痛めているのか、首には細く切ったさらしが、ぐるぐると巻きつけられていた。

「さて。しかしこの界隈で八卦見をして回っておれば、瑞雲楼《ずいうんろう》の主《あるじ》を知らぬわけはありません。すれ違うこともあったかと」

「なるほど、なるほど。俺もひとつ、見てもらいたいものだ」

男は話すのが不自由であるかのように、一言ずつ区切り、そのたびに深く息を継ぐ。

「おお、ぜひとも拝見させていただきたい」

「いやいや、本日は遠慮させてもらう。いずれ、機会があれば」

男の気配がゆっくりと遠ざかっていき、広い背に隠れて縮こまっていた六助は、ほうっと長い息を吐いた。

そして男が視界から消えたのを確認してから、がくがくと震える指を差し、遼天の正面に回って夢中で唾を飛ばす。

「あっ、あっ、あの男！ 遼天さん、あれは人ではないです！」

遼天は笠をくいと押し上げ、鋭い目でこちらを見下ろした。

「六助さんには、そう見えたのか」

「はい。額に銀の角が二つ、それにとても鋭い爪をして……あ、あれは鬼の類ではないでしょうか」

ひっくり返った声で叫ぶと、遼天は男らしい眉をきつく寄せた。

「なるほど、そういうわけか」

「そういうわけとはどういうわけです」

化け物の多い町とは思っていたが、昼間から大通りを鬼が闊歩《かっぽ》しているとは、想像以上の奇怪さだ。

遼天は笠を深くかぶりなおし、囁くような小声で言う。

「実はかつて、やつを斬るべきかと悩んだことがあってな。発する気配が、人のものとはかけ離れていて、あまりに怪しい。どうするべきかと後ろからつけていったのだが、道の角を曲がったところで、ついと姿が消えてしまった」

「遼天さんの思ったことは、まったく正しいと私にはわかります。い、いったいどこの誰なのですか」

「うむ。やつは小見世の千三《せんぞう》という亡八《ぼうはち》だ」

亡八という言葉の意味を、六助は知っていた。長屋の井戸端で、大工のおかみさんたちから聞いたことがあったのだ。

それは妓楼を営む楼主が、人として大切な仁、義、礼、智、忠、信、孝、悌の八つを失っているという侮蔑から生まれた呼び名だった。

先ほどの千三の豪奢な身なりも、花魁たちから搾り取った銭のおかげと考えれば、確かに亡八なのだろう。

「正体を見た私としては、ぜひとも斬って欲しいくらいですが、楼主を斬ったとなったら大変な騒ぎになるでしょう。いくら気配が怪しいとはいえ、なぜ遼天さんはそこまで思いつめたのですか」

「うむ。理由は後でゆっくり話す。実は六助さんにやってもらいたかったという仕事は、あの男と関係するのだ」

つぶやくと遼天は歩き出し、六助は急いでその後を追った。腰を抜かさずに済んでよかった、としっかり地面を踏み締める足に感謝する。

遼天が向かったのは角町のもうひとつ奥にある、京町《きようまち》だった。

あまり大きな見世ではないが、ひとつだけ遠目にも妙な気配を放つ張り見世がある。だんだんとその見世に近づくにつれ、ぞくぞくと六助の背に怖気が走った。ぼんのくぼの毛がチリチリと、逆立つように感じる。

しまいには、まるで白洲《しらす》で死罪を告げられた罪人のように、六助はいやでいやでたまらないと感じつつ遼天についていった。

「あ、あの。遼天さん。ここは、いったい」

辺り一帯の異様な空気に耐えかねて言うと、遼天は振り向いてうなずいた。

「やはり感じるか。どうも様子のおかしな見世がある。俺にはおかしいとしかわからぬのだが、それを六助さんに確かめて欲しいのだ」

「で、では、お数珠はやはりまだ、首にかけないほうがいいのでしょうか」

「うむ。あれは妖しのものの正体を見極める際には、かえって邪魔になろう」

いやだと思いながらも前を行く袖にすがるようにして進むと、見世の前でぴたりと遼天の足が止まった。

「この見世は、瑞雲楼という」

つぶやく遼天の前には、幅は狭いが絢爛豪華な張り見世があり、通りに人の少ない昼見世なのに、見立てをする客も数人いた。

大見世でもせいぜいが三階までしかないのに、ここは四階という高さがあり、造りも異様に見える。

色ばかりは鮮やかだが、ごてごてと飾り立てられ均整が取れない建物の形状は、なんだか今にも崩れるのではないかと、見るものを不安にさせた。

張りも下半分だけの赤く塗られた格子の内側から、光が差しているのではないかと思うほどに内装が派手に飾りつけられている。

「こんなにまで高くして、他の見世は文句を言わないのですか？」

不思議に思って聞くと、遼天は深刻な顔つきになる。

「もちろん、周囲の見世は快く思っていない。だが激しく糾弾した見世の楼主や文句をつけに瑞雲楼に入った若衆が、いずれも怪死を遂げている。あまりに気味が悪いので触らぬ神に祟《たた》りなしとばかりに、近ごろはみななにも言わぬようだ」

怪死？　と六助が眉を顰めたそのとき、昼見世を利用しようと一人の男が暖簾をくぐった。

軽く遼天に背を押され、六助はそっと暖簾の内側をのぞき見る。

内側に、ちらりと白髪の老婆の姿が視界に入った。遼天は六助の耳に、小声で囁く。

「あれがここのおかみで楼主の内儀だ。大見世では番頭や若衆もいるが、ここはあの老婆が一人で取り仕切り、花魁たちを監督する遣り手婆の役割を果たしているらしい。……俺にはどうにもこの見世が妙だと感じてならない。理屈ではなく勘だ。六助さんはどうだ」

「はい。確かに私も、いやなものを感じます。見世にも、あのお婆さんにもです。……ということは、楼主も怪しいのでしょうか」

尋ねると、うむ、と遼天は力強くうなずいた。

「そしてここの楼主こそが、先ほどの千三なのだ」

えっ、と六助は驚くと同時に、ことの次第を察した。

「なるほど、どこかで聞いた楼の名だと思いましたが、先ほどの鬼と話したおり、そのように言われていたような。そ、それでは、ここは化け物が楼主をやっている楼ということですか。ということは……この見世は、鬼の棲み処ということも……」

言いながら、六助はびくびくとしながら勾玉を取り出して、張り見世の花魁たちを透かし見る。そうして。

「こ、これは」

六助は思わず低くうなる。というのも、どの花魁を透かし見ても火は極端に小さく丸く、ほとんど消えかかっているものばかりだったからだ。

それに一見したときは趣味は悪くとも華やかな見世だと思ったのだが、こうしてまじまじ観察しているとなぜか落ち着かなくなってくる。

花魁たちはもとより、その前に置かれた煙草盆、背後の豪奢な屏風、格子のところに置かれているお神酒《みき》徳利、すべて色鮮やかで豪華ではあるものの、なにか危険な魔物がひそんでいるような気がしてならず、薄気味悪い感じがした。

香を焚《た》いたりはしていないようだが、格子の中に線香の煙のようなもやがかかって見えて、六助は目をこする。

が、何度こすって瞬《まばた》きをしてみても、視界が晴れないままなことに首を傾げた。

遼天はそれには気づいていないらしく、苦虫を嚙み潰したような顔で言う。

「どうだ。今にも消えそうな火だということが、六助さんにもわかっただろう。いくら吉原が苦界とはいえ、この有様はひどすぎる。これはもう、生きていないといってもいい有様だ」

「生きていない？　ゆ、幽霊ということですか」

「いや。死にかけた身体を操られている、というほうが近いかもしれん。それにここの花魁は誰がどこから連れてきているのかわからぬ。尋ねてみても本人たちも答えぬし、どうも記憶がなくなっている娘もいるようだ」

「記憶がない……？」

小声で囁き、ごくりと六助は唾を飲む。

「うむ。それどころか意識そのものがあるかも怪しい。すべての花魁が死に瀕《ひん》しているのは明らかに異常で、これは捨ておけん。それに、ここの花は抜いたところですぐに枯れる。入ったまま出てこない客もいる。長逗留《ながとうりゅう》しているに違いないからと頼まれて探したこともあったが、どうしてもその客は見つからなかった」

「そっ、それはもしかして……殺されている、ということもありえるんでしょうか？」

恐怖を覚えて尋ねると、遼天は難しい顔をしてうなずいた。

「稲荷隠しは一度だけ、しくじったことがある。それがこの妓楼の花だ。……抜くには抜いた。が、連れだって逃げた客によると、霞《かすみ》のように目の前で消えてしまったというのだ。俺はそのときから、ここの楼主は化け物ではないかと、ずっと疑っていた」

その状況を想像し、六助はゾッとする。

「鬼の仕業だったんでしょうか。それとも、花魁も幽霊か妖怪変化だったり、なにかにとりつかれて消されてしまった、とか」

六助は話しながら格子の内側を見るともなく見ているうちに、ハッと身体を固くした。

最初は錯覚かと思って目をこすっていたのだが、今や格子の内側のそこかしこに藻でも生えているような青と緑の塊が見え始め、次第にはっきりとした色と形を取り始めていたのだ。

それとは逆に、絢爛豪華な格子の中の飾りつけや青々とした畳、さらには花魁の衣装までが、なんだかうすぼんやりとして色褪せて見えてくる。

「……遼天さん。わかりますか」

言って袖をつかむと、遼天は言う。

「わかるか、とは？ 怪しい気配が、見世全体に漂っているが。しかしこれは、この妓楼においてはいつものことだ」

遼天が言ったとき、再び暖簾が開いた。

金の折り合いがつかなかったのか、たちの悪い酔客だったのかはわからないが、老婆が男の背を押すようにして追い出したのだ。

男は悪態をついて見世を後にし、老婆は縁台にどすんと腰を下ろす。

六助は改めて、老婆をしげしげと見た。皺深い顔に目ばかりがぎょろりと大きく血走って赤く、なんとも恐ろしい人相だ。

決して魅力もないし美しくもないのだが、あまりにまがまがしい気配をまとっているゆえか、六助は老婆から視線を逸らせなくなっていた。そして次の瞬間。

六助は咄嗟に悲鳴を上げそうな自分の口を、両手で押さえた。

「どうした、六助さん。なにが見えるのだ」

異変を悟った遼天に、震えながら六助はただ左右に首を振った。

――あ、あれは。花魁の身体を這い回るあの生き物は、いったい、なんだ。

混乱しながら目を凝らしていると、だんだんと見世の姿も当初に見えていたものとは違ってくる。冷や汗を拭いながら上に顔を向け、六助はハッと顔を強張らせた。

天守閣のように小さくなっている四階の、朱塗りの欄干《らんかん》越しの障子がすいと開き、そこからじっとこちらを見下ろしている白い顔に気がついたのだ。

――花魁……？　違う。そうと見まごうきれいな顔立ちだが、あれは先ほどの、楼主だ。……ここから見てさえわかる。あれは絶対に、人ではない。

思った瞬間、千三が六助を見た。咄嗟に六助は視線を逸らし、足元に目を向ける。

幽霊の花魁道中と出くわしたときと同じく、見てはいけないと直感が全身に告げていた。

「遼天さん。さ、さりげなく、四階の窓を見てください。あ、あれは先ほどの、楼主ではありませんか」

声を絞り出すようにして言うと、遼天は言われたとおり、顔を上に向ける。

「……うむ。確かにあの千三だ」

「そうですか。で、では、離れましょう。ここにいては、いけない」

六助はカクカクと膝が笑ってしまい、今にも腰が抜けそうになるのを堪えながら、遼天の手を引いて見世から離れる。

あの場でなにか口にしたら、四階から見下ろしていた異形のものに、こちらの言うことがすべてわかってしまいそうな気がしたからだ。

遼天は怪訝そうにしていたが、六助の狼狽《ろうばい》ぶりにただごとではないと悟ったのか、なにも聞かずに従ってくれた。

大通りに出て角を曲がり見世が見えなくなってから、ようやく六助はわななく唇でことの次第を遼天に説明した。

「あ、あの。信じてもらえないかもしれないですが。今私が見たままをお話しします」

遼天は、信じる、というかのように力強くうなずいた。

「だんだんと私に見えてきたのは、見世の中を這い回る透明な身体の……胴は薄青く、頭や足にいくにつれ青磁色の身体をした、たくさんの大きな……蟻《あり》でした」

「青い蟻だと？」

ハッとしたように言い、笠の前を上げた遼天に、六助はまだ震えながらうなずいた。

六助が見たものは見世の格子の内側に這い回る、無数の大きな蟻だった。

それも普通の蟻ではない。ビードロのように透明で、ごく淡い緑と青の入り混じった色をした、飴細工《あめざいく》のような蟻だ。

それが格子といい畳といい、背後に飾られた絢爛な屛風といい、そこいら中にびっしりと蠢《うごめ》いているのが見えたのだ。

蟻たちは花魁の錦の打掛にも這い上がり、襟元や袖から出たり入ったりしているものもいたが、いずれの花魁も気づいておらぬのか無表情だった。

ひどく恐ろしく不気味な光景なのだが、透きとおった翡翠《ひすい》で作られているような大量の蟻が紅色の格子の中で蠢く様は、きれいに化粧した花魁たちの華やかな簪や打掛と相まって、まがまがしいながらもこの世のものとは思えないほどの美しさを感じさせていた。

もしも蟻が一匹だけでじっと動かなければ、なんと見事な細工ものだろうと見惚れたかもしれない。

「そ、それでそのうちの花魁の肌に触れている何匹かは、ぼうっと青白く光ったものをくわえて、目や耳の穴から出入りを繰り返しているんです」

聞くうちに遼天の目が鋭さを増していく。

「でも、なにより恐ろしかったのは、縁台に座っていたお婆さん、そして四階から姿を見せた楼主でした」

「どう見えた。老婆もやはり鬼か」

ごくりと六助は唾を飲み込む。

「いえ。お婆さんは、あ……あれは大きな、というより、巨大な、人ほどの身の丈がある蟻に見えました。……外側の皮は、老婆なのです。けれど膨れ上がった頭や腹、木の枝のような手足、額から突き出して動く二本の細長いもの……形はまさに蟻でした。あ、あれは、老婆の皮をすっぽりとかぶった、蟻の化け物です」

おお、というように遼天の目が見開かれた。

「そして楼主のほうは、町ですれ違ったときは、恐ろしくてまともに目を見られませんでしたが。先ほど一瞬見たところ、目が……ま、まるで珊瑚《さんご》のような色合いをしていて、わ、私は恐ろしくて」

ぱっくりと開いた瞼からほんの一瞬見えた眼球は、宝玉のように美しくはあるが、とても人の目の色とは思えない桃色をしていたのだ。

見たままにまがまがしい光景を説明し終えると、遼天は腕を組み、しばらく考え込むように俯いてから、低い声で話し出す。

「あの見世は……二年ほど前まではごくありふれた小見世だったのだが、楼主が病にかかって養生にこの地を離れ、病死の後、内儀が後添いのさっきのあの男と所帯を持ってから、恐ろしく繁盛し始めた。大見世より美女がそろっているというのに、茶屋も通さない上に安いからな」

「いくら美女でも、花魁たちも普通ではありませんでしたよ。あんな化け物たちとひとつ屋根の下にいるのであれば、きっと同じように妖怪変化の類ではないかと」

言いながら六助は怖気に身を震わせる。

「私が見たのは身の丈が大きいとはいえ、蟻でしたが。蟻の化け物などというものが、本当にいるんでしょうか」

「うむ。蟻に限らず蟷螂《とうろう》など、虫も化けると聞いたことがある。……あの内儀も楼主も、恨みを飲んでこの地で果てた骸の、血や怨念を吸った土から生まれた虫の妖魅かもしれぬな。俺は妖魅というのは、恨みを飲んだ人の魂が人外のものに乗り移り、操ることによって生まれた存在だと考えている」

「吉原で果てた人々の恨みがとりついた蟻……そんな化け物が内儀で、楼主は鬼……」

大きな声を出すと彼らに聞こえてしまうような気がして、思わず声をひそめると、遼天はうなずいた。

「俺がかつて書物で仕入れた知識と照らし合わせると、桃色の目の鬼といえば、鬼征魂《きせいこん》という化け物だ。国によっては寄生魂というのだそうだが、実態を持たず漂うもろもろの魑魅が、死骸を見つけるとそれを征し、操って鬼と化すのだという」

聞くうちに六助は、頭から血の気が失せていくのを感じていた。きっと今一人きりでいたら、原因など考えるよりも先に一目散に逃げ出すだろう。

そんな情けない失態だけはおかすまいとなんとか堪えつつ、すがる思いで遼天の袖を子供のようにきつく握っていた。

遼天は笠の内から低い声で続ける。

「内儀である蟻の化け物のほうは、金槌坊《かなづちぼう》と記憶している。おそらく姿を見せぬ番頭や病死といわれた元の楼主も、鬼と蟻に食らい尽くされたのだろう。見世にいた花魁たちも、あるいはすでに生ける屍《しかばね》と化しているかもしれんな」

口にするのもおぞましいというように遼天は吐き捨てた。

「鬼征魂と、金槌坊……」

不気味な名だと思いながら、六助は額の冷たい汗を拭う。

「なぜ蟻なのに、金槌などという名前なのでしょうか」

「ふむ。そうだな。伝え聞くところによると、手に大きな槌を持っているかららしいが。

……さして意味もなく踏み潰されることも珍しくない存在とあってみれば、逆に人間を潰したいと思うのかもしれぬ。無駄な殺生はしてはならんということだな」

ひえっ、と六助は震え上がる。

「あ、あまり考えたくないことですが。……たとえば花魁の中身が、すっかり蟻の巣になっていた、ということもあるんじゃないでしょうか。わ、私が見たのは、花魁の体内の巣に餌《えさ》を運ぶ蟻の姿だったと思えてなりません」

「うむ。ありえる」

あまりの気味の悪さに六助の足から頭にぞくりと悪寒が走ったが、先ほど見立てをしていた客たちはそんなことに気づきもせず、おそらく今もまだ鼻の下を伸ばして花魁を眺めているだろう。

あの蟻たちがもしも見えたら、たとえ百両貰っても、こんな妓楼に上がることは誰もが拒むに違いない。

同じことを思ったらしく、遼天が眉を顰めて尋ねた。

「六助さんの兄上の馴染みがいるのは、まさかこの妓楼ではないだろうな」

「あ、いえ。角町と言っていましたから」

六助をほったらかして馴染みの花魁と一夜を共にしたらしい勘二だったが、あの日以来、吉原には来ていないようだ。

というのも勘二は、帰宅早々嫁に白粉の匂いに気づかれて散々に泣き喚かれ、肝心の六助がなにをしていたかも知らないという体たらくに、両親からこっぴどく叱られたらしい。

三日ばかりしてから、ほったらかしにして悪かった、と饅頭《まんじゅう》を持って謝りに来てくれたのだが、もちろん六助は怒ってなどいなかった。

勘二があの日吉原へと誘ってくれたおかげで、新しい仕事と、なにより初めて自分を理解してくれる人たちと出会えたのだ。

咎《とが》めない代わりといってはなんだが、手習い所を閉めてもっと手間賃のよい船宿の手伝いを始めたという両親宛ての手紙を勘二に託し、もしも反対されたら説得してくれるよう頼むと、快く引き受けてくれた。

勘二のことだからしばらくは反省しているだろうが、二度と廓遊びをしないとは限らないので、京町の瑞雲楼にだけは登楼しないよう、いずれ実家に行ったときにでも話さなくてはならない。

多少はめを外すところはあっても決して悪人ではない兄が、こんな化け物の巣窟に出入りをしていなくて本当によかった、と六助は胸を撫で下ろす。

「今にも息の耐えそうな花魁たち。見世を離れれば消える命。かつて稲荷隠しで抜いたものの、消えてしまった花魁も、無関係とは思えん。それらの原因が鬼征魂と金槌坊という化け物とあっては……やはり、このままにはしておけぬな……」

低くつぶやいて歩き出した遼天を、六助は慌てて追う。

「でっ、でも、どうするんですか。ご公儀に化け物が妓楼をやっていると言っても、請け合ってもらえないでしょう」

「むろんだ。だが、だからといってひとつの楼から、花魁を全員逃がすような目立つ真似《まね》をすれば、もうこの稼業は続けられぬ」

「じゃ、じゃあやっぱり、あの化け物たちを始末するしかないんでしょうか。なにも感じない人々から見れば、無下に斬ったりしたらこちらがお上に捕まってしまいますよね。であれば……ど、毒とか」

自分で言って六助は、恐ろしくなって口をつぐんだ。

小太郎が言っていたように、本来自分はご公儀にバレたら罰されるような裏稼業になど向いていない。

妓楼にいるままでは命が危ういという花魁を救い出せると思えば、なんとか気持ちを納得させて励むことができるが、殺しが絡むことに関わるなど想像するだけで恐ろしかったのだ。

立ち止まってしまった六助のそんな様子を見て取って、遼天は軽く肩を竦めた。

「毒にしろ、人に効いても化け物に効くとは限らんだろう。しくじると、こちらの正体がバレるやもしれん。確実な方法を考えなくてはならんが」

そこで一度言葉を切り、遼天は白い歯を見せた。

「先々手伝ってもらうだろうが、この件は俺に任せて、いったん六助さんは忘れてくれてよい。相手が鬼征魂と金槌坊とわかっただけで、充分助けになった」

この人には、こちらの胸の内がすべてわかっているかのようだ、と改めて六助は感じる。

「さあ、もう数珠を首にかけるといい。気分なおしに、寒兵衛のところで美味い蕎麦を食おう」

「なんだか、気を遣わせてしまって……申し訳ありません。小太郎さんよりずっと年上なのに、このように臆病で」

「謝ることはない。人にはそれぞれ性分に合った役目というものがある。六助さんは六助さんの役目を果たしているのだから、なにも恥じることなどないぞ。……さあ、そんなに下ばかり見ないで前を向け。ではひとつ、景気づけに弁天様でも拝んでいくか」

はい？　と首を傾げると、遼天は笑って足を速める。慌てて首に数珠をかけて後を追った六助は、行き先がわかった途端、耳が熱くなるのを感じた。

それは銀華のいる見世がある、江戸町一丁目だったからだ。

「さて、六助さんが見初めたのはどの花魁か。当ててみせようか」

「別にそんな、見初めたなど。ま、待ってください、遼天さん」

あたふたと追いかけながら、ぴたりと六助は足を止めた。

次いで視線も、ぴたりと一人の花魁に吸い寄せられる。

「……当てるまでもないな。あの花魁か」

こくこくと、もう六助は声も出せずにうなずいた。

これまでにも、何度かこうして銀華のいる見世の前を通り過ぎたのだが、いつも同じ反応になってしまう。

見立てをしている客たちよりもずっと後ろからこうして見つめているだけなのだが、足に根が生えたようになり、喉はからからに干上がり、目は他のものを映さない。

ただ眺めているだけで頭も熱くなり、しばらく我を忘れて見つめ続けるばかりだ。

そして、もしも相手がただの町娘か農家の娘であれば、あるいは自分が妓楼の楼主かその息子であれば、などと埒《らち》もないことが次から次へと頭に浮かぶ。

そうしているのは決して快いわけではなく、胸が締めつけられるように苦しい。

それに銀華はいつの間にか後ろのほうへ座る場所を移動していたから、最初のときのように気楽に言葉を交わすことはできなくなっていた。

「なんという花魁なのだ」

「……銀華さん、というのです」

説明して、その名前を口にしただけで六助の心は弾んだ。

と、銀華がこちらに気づいたらしい。大きな瞳がきょろりと動いて、小さな蝶《ちょう》が羽ばたくように軽く瞬きをした。

心臓の鼓動がどうにも早く激しくなってきて、六助は胸を押さえる。

「なるほど、愛らしい娘だな」

遼天は六助の様子に、苦笑を浮かべて言う。

「六助さん。一番後ろに座っている、ということは、銀華は呼び出しではないものの上位の花魁だぞ」

「ええっ。そ、そうなんですか。最初に来たときは、一番前にいたんですが」

「細見《さいけん》で調べてみればよい。まだ買っていないのか」

はい、と六助は納得できない顔でうなずいた。

吉原細見というのは大門を入ってすぐの蔦屋《つたや》で売っている、妓楼とそこで働く花魁を説明した紹介本で、町の中で売り歩きもされている書物だ。

廓遊びをするにはまずそれを読め、と勘二から聞いてはいた。

だが六助としては、細見を買うということは客として遊郭を利用する証《あかし》のように感じて、気が引けたのだ。

「では教えるが、張り見世では位が高いほど後ろに並ぶものなのだ。さらに呼び出しともなると見世には出てこなくなる。まあ、銀華花魁との一夜のためと思えば稼ぎにも身が入るだろうが」

「いや、それは。わ、私は、そんな」

ぐるぐると六助の頭の中には、複雑な思いが渦巻いた。

もしかしたら六助が見初めたあの日は、まだ銀華は花魁になってから日が浅かったのかもしれない。

それが見世に並ぶうちに、この数か月で瞬く間に上客がつき、みるみる出世したのではないか。

もしかしたら、銀華の魅力を最初に見出したのは自分かもしれない。それが今や誰もが知るところとなっているのかと思うと、なんだか悔しかった。

遼天が言うように、今後、こつこつと貯めた金子をはたけば一夜くらいは共にすることも可能ではあるだろう。もちろん、したくないわけではない。

だが客になってしまったら、もっと銀華への執着は強く醜いものに変質していきそうな気がした。決して独り占めはできない相手なのだ。

――でも、ひとつだけ……私だけのものにする方法がある。

それは六助が客として、銀華を抜くように稲荷隠しの仕事として頼むということだった。

けれど果たして銀華が六助のもとへ来ることを、了承してくれるかわからない。

子供のように亡霊や暗闇を怖がるお前などと所帯を持つのはまっぴらだ、と拒まれたら、立ち直れないほどに傷つきそうだ。

悩んだ挙句、結局六助はこれまでずっとそうであったように、女人との関係は想像にとどめておく、ということで心の波風を宥めることにした。

怪異にしても自分は『トワズ』だと人に言わないことで、臆病で少し変わった、けれど普通の人間として生きてこられたのだ。

「六助さん。そろそろ行くか」

うながされて六助は、ハッと我に返った。こくりと首を縦に振り、根の生えたかのような足をなんとか持ち上げたのだった。

「ご苦労だったね、六助さん。朝っぱらから疲れたでしょう。今お茶を淹《い》れるから、着替えを済ませたらゆっくりしていくといいわ」

「はい。そうさせていただきます」

鬼の姿を見てからしばらくして、稲荷隠しの一味はどうにも仕事がやりにくい事態に陥っていた。

というのもここ半月の間に、四件も花魁の足抜けがあったからだ。

うち二件は稲荷隠しの仕事だが、そこに偶然、自主的な花魁の逃亡が二件、重なってしまった。

自主的な逃亡は未遂で終わっているにしても、これだけ立て続けに花魁が逃げたとあっては、さらに足抜けに対する警戒は厳しくなっている。

塀を越えるとそこには若い衆。それならばと大門から出そうにも花魁を忍ばせる道具は調べ尽くされるとあって、六助たちにとってはひどく商売が難しい。

そうした事情のため六助は明け方から野良着で、さりげなくぐるりと吉原一帯を回り、監視の男たちの人数や交代する刻限を探ってきたところだった。

昨日の昼見世から夕刻までの様子は遼天が、夜見世から明け方までの状況は、夜目の利く小太郎が調べている。

なんとか監視が手薄になる時刻や人数などを明らかにしたいのだが、まだすべての状態を把握できてはいなかった。

遼天としては普段の日が無理であれば、楼の裏手の神社で行われる酉《とり》の市《いち》や大神楽《おおかぐら》、仁和賀《にわか》狂言や年末年始の各行事など、様々に吉原で執り行われる催しの隙を突くことを考えているらしいが、具体的にどうなるかはまだわからない。

二人の後を受け、今日調べたことを帳面に記した六助は、お澄が階段を下りていったのを見計らい、急いで野良着からいつもの着物と羽織に着替えた。

今回に限らず、常に様々な衣類がこの船宿にはそろえられている。

各地から吉原にやってきた客たちは、いったん船宿で休息するものが多かった。

その際、素性がバレると困るものたちは、ここで着替えを済ませていく。

普段着から一張羅に替えるものもいるし、中でも僧侶は女人禁制の建前があるため、医者のような風体をこしらえて花町へと繰り出すものが多い。

だから船宿にはもともと各種の着物や小道具が用意されていて、変装するにはもってこいの場所だったのだ。

「あら。羽織の脇がほつれてるわよ」

明かり取りから差し込む日差しのもと、一仕事を終えた満足感に浸りながらのんびり茶をすする六助を見て、お澄が言う。

「あっ、はい。わかっていたんですが、つい面倒で」

「独り身で不自由なのはわかるけれど、身なりはきちんとしないと。貸してごらんなさい」

「は、はい。すみません」

恐縮しつつも嬉しくなって素直に羽織を脱いで渡すと、お澄は穏やかな笑みを浮かべて受け取った。

「気にしないでいいのよ。遼天さんも小太郎もほつれようが破れようがお構いなしだから、あたしがいつもつくろってるの」

言ってお澄は針箱を持ってくると、慣れた手つきでほころびを縫い始める。

なんだかいいなあ、と六助は和やかな空気に癒《いや》された。

こんなふうに世話を焼いてくれる美人の年上女房がいたら、きっと兄たちも羨ましがるだろう。そこまで考えて、ふと思う。

「そういえば……遼天さんは知っていましたが、小太郎さんも独り暮らしなんですか？」

「そうよ。他の芸人とつるんで小屋掛けすることはあるみたいだけど」

「では、ご家族は」

これは正直、小太郎だけでなく、稲荷隠しの一味の誰に対しても思っていたことだった。話していても、家族の話題が出るのは六助に関してだけなのだ。

答えてくれないかもしれないと思ったが、あっさりとお澄は言う。

「家族はいないし、郷里もないのよ。あたしも旦那も寒兵衛さんも、みんな」

「……そ、そう、ですか。なんだか、その、つまらないことを詮索して悪かったです」

なにしろ花魁を逃がすなどという稼業をしているくらいだから、それぞれ複雑な事情を背負っているのかもしれない。けれどお澄は、少しだけ驚いたような表情で顔を上げた。

「やだ、なに謝ってるの。誰ももったいつけて隠そうなんざ思っちゃいないわ。聞きたいことは聞けばいいのよ。答えたくなきゃ教えないから」

「はあ。で、でも本人がいないところではなんだか悪いみたいで」

「じゃあ、あたしに聞いたって黙ってりゃいいじゃないの」

ふふ、と笑ってお澄は再び手元に視線を落とす。

「六助さんが信用ならない、いやなやつなら教えやしないよ。なんだかんだいっても長いつきあいの、大事な連中だからね」

そう優しい声で言って、お澄はゆっくりと話し出す。

「人のことを話そうってんだから、まずはあたしのことだけど。こう見えて、もとは初風《はつかぜ》って名前で花魁をしてたのよ」

「えっ。そ、そうなんですか」

「ええ。ありがたいことに身請けされてね。相手は大きな菓子屋の跡継ぎでいい人だったけど、姑さんが女郎を嫁とは認めないと随分怒って、結局その家にいられなくなっちまったのよ。でもその後も援助はしてくれて、ここに落ち着いたの。苦界とはいえ仲のいい子や、世話になった人もいたからね。なんとなく、吉原から離れがたくて」

そう言われると、お澄の垢抜けた風情や仕草、声がかもし出す艶の理由がわかった気がする。

神妙に聞いている六助に微笑《ほほえ》んで、お澄は続けた。

「寒兵衛さんは腕のいい大工だったんだけど、あるとき大怪我しちまって、足もそのとき、やっちまったのよ。それで家族のためにと自分から身売りした娘さんを、吉原で亡くしているの。その家族も流行《はや》り病《やまい》で、今は独り身。大工仕事は、今なら多少はできるけれど、やっぱり昔のようにはいかないと言ってたわ。……小太郎は母親が大見世でお職を張った、近江《おうみ》さんていう有名な花魁でね。生まれてすぐ引き離されて、探し当てたときにはとうに亡くなっていたらしいけれど」

想像を超える重い過去をそれぞれが背負っていると知り、やはり迂闊《うかつ》に聞いてはいけなかったのではないか、と後悔して、六助は俯いた。

トワズの血を引いていることで悩み、孤独に苛《さいな》まれていたとはいえ、六助は大切な人を失う悲劇には見舞われたことがない。なんだかんだといっても、親兄弟のおかげで飢えたということもないし、自分の心配だけをしていればよい状況だった。

「だからみなさん、自分を危険に晒してまで、花魁のために働くんですね」

「……それは、ちょっと違うわ」

お澄は、ほう、と溜め息をつく。

「最後にもう一人の話をしておくわね。遼天さんはお武家の出なんだけれど、お父上が切腹の憂き目にあってお家は断絶、お母上も同時に亡くして、幼い時分に寺に預けられたんですって」

えっ、と六助は顔を強張らせる。武家とは聞いていたが、そんな大変ないきさつがあるとは思いもよらなかった。

「そのお寺のご住職というのがなんだか変わっていたらしくて……でも顕密《けんみつ》どちらも詳しいなかなか偉いご住職だったみたいでね。剣術から法術まで、なんでもかんでも教えてくれたんですって」

「あ、ああ、それで剣も使えるわけですか。どちらの腕も凄いですよね、遼天さんは」

そうなんだけれどねえ、とお澄の針を動かす手が止まる。

「なまじ腕も立つし、いろいろなことができてしまって、なにをしていいのかわからなくなっていたようなの。一時期の、会ったばかりのころは、そりゃあ荒れておっかなかったのよ」

「ええっ」

あんな温厚で寛大な人が、と六助は目を丸くする。

「今だと想像もつかないでしょう。力の使い道がなく酒と女にうつつを抜かして、ただただ力を振り回していた。振り回されていたというべきかしらね」

聞いているうちに六助は、お澄はもしかして遼天に対し、特別な気持ちを持っているのかもしれないと思えてきた。

遼天についてのことを語る声や瞳が、どことなく熱を帯びていると感じるからかもしれない。

少しばかり妬《や》けるが、遼天が相手ではかなわないのも当然という気がした。

そんな六助の内心に気がつくわけもなく、お澄は続ける。

「寄らば斬る、みたいな目つきをしていたのが……花魁たちの八卦を見、あたしと知り合い、小太郎や寒兵衛さんと知り合ううちに、だんだんと丸く変わっていった。角があるもの同士がぶつかって削られちまったせいね、きっと」

お澄の白い犬歯が、きりっ、と糸を切った。

「復讐《ふくしゆう》や恨みよりも、誰かを救うほうが自分たちが救われる。そのためにあたしたちは花を抜くの。人のためにやってるんじゃない。自分たちが救われるためにやってるのよ。

……はい、できたわ」

ゆっくりとお澄は立ち上がり、六助に羽織を渡す。

「あ、ありがとうございます」

「腹を割って話したのは、六助さんにもその気持ちをわかって欲しいからよ。銭金だけのために、こんな危ない仕事は続きやしない。どこかで気持ちにほころびが出ちまうから。六助さんも、こうしてあたしたちと花を抜いていて、いやじゃないでしょう？」

はい、と六助は素直にうなずいた。

「私は以前お話ししたように、不思議な、あまり人には言えぬ先祖の血を引いています。そのせいで、楽しいとはいえない毎日を送ってきました。ですから、その血が少しでも稲荷隠しの仕事の役に立つなら、こんないいことはありません」

「不思議な血だからって忌むようなものじゃないと、あたしは思うけどねえ。ご先祖様あっての今の自分でしょうに」

「ですが、人ではないものと交わったなど恥だと、家のものたちは申していました。私には特にその血が濃く現れているらしいのです。そのせいで家族に冷たくされるなどということはありませんでしたが、自分たちとは違うと感じていると思います。……なにより、私がそう思っていますから」

六助は溜め息をつき、うなだれる。けれどお澄は、励ますように言った。

「違うってのは、亡霊を見ちまうってこと？　それなら、遼天さんだって同じじゃないか。でもあたしたちは、人と違う芸当ができるなんて大したもんだねえ、としか思わないわ。寒兵衛さんの大工仕事だって、小太郎の軽業だってそうよ」

聞きながら、ゆっくりと上げた六助の表情は、先ほどまでとは少しだけ違う。

「人と違う芸当。……そういうふうに思っていいことなんでしょうか」

「いいも悪いもないわよ。あたしがそう思ったら、それはそうなのよ」

白い花のように明るい笑顔を見せて、お澄は続けた。

「考えてごらんなさいな。全員が寒兵衛さんみたいに大工仕事ができたって、荷車は作れても足抜けはさせられないじゃないの。だから持ち芸がそれぞれ違っていいのよ、六助さん」

「違っていい……」

六助は心の中で、その言葉を何度も嚙み締めた。ほんのわずかだが、自分に自信が持てたような気がしてくる。

「ありがとうございます、お澄さん。まだまだ半人前の仕事しかできませんが。一人前になったと実感できるころには……少なくとも、今ほど自分のことが嫌いではなくなると思います」

「今だって、嫌う必要はないと思うけどねえ。でもそう思えるならよかった。向いてるのよ、この稼業に」

本当にそうかもしれない、と六助は羽織に袖を通しながら思う。最近では実家から小遣いを貰うのもやめているし、自立できたとも自負している。

怪異は相変わらず見えるし、びくついているのも変わらないが、腰を抜かすというほどのことはなくなっていた。

なにより、この世のものでない存在と出会ってしまった場合に恐怖を語ることができる相手がいる、というのは大きい。

特に遼天に相談するとひとつひとつ丁寧に、それはあまり気にしなくてよい、それはたちが悪いから祓っておこう、と的確に対応してくれるので、随分と心強かった。

まだ遼天の後ろに隠れているような半人前の状態ではあるが、少しずつ変わってこられたのではないかと思っている。

――まだ、冬の終わりから春の終わりに変わっただけだ。来年の今ごろにはきっと、もっと男らしくなれているかもしれない。いや、そうなるように努力しなくては。

自分に言い聞かせるように心の内でつぶやきながら、六助は監視状況を記した帳面を手に、船宿を後にする。

すでにここ数か月で通い慣れた道をたどり大門の前まで来て、六助は足を止めた。今日は仕事といっても寒兵衛の蕎麦屋に帳面を届けるだけなので、数珠は借りていない。

だいぶ慣れたとはいえ、まだこの大門をくぐるときには、ぼんのくぼがちりちりするようななんとも異様な感覚があった。

できるだけ余所見《よそみ》をせず、なにか見えても気に留めないようにしようと仲の通りを急いだが、右手に江戸町の曲がり角が見えたとき、六助の目はそちらに向いたまま戻らなくなった。

「……道中だ」

幸いなことに、それは以前見たような骸たちではなく、この世の本物の花魁道中だった。江戸町の大きな妓楼から、仲の町の引き手茶屋で待つ客のもとへと、ゆっくりと行列は進んでくる。

「あれは……まさか……」

六助は無意識につぶやいて、呆然と立ち止まった。提灯持ちと新造の後ろ、左右に禿を従えた華やかな行列の主役は、銀華だったのだ。

しかし道中をするのは、張り見世には並ばないような、位のもっとも高い遊女だと聞いていた。ついに銀華はそこまで出世してしまったのだろうか。

けれど今の六助の頭の中は、それどころではなかった。

立兵庫《たてひょうご》に結われた髪は、まばゆいばかりにどっさりと簪と笄で飾りつけられ、絢爛たる素晴らしい打掛をまとって錦の帯を前で締め、特有の下駄で地面に八の字を書き滑るように歩いてくる様は、まさしく天女そのもののように見えたからだ。

ゆっくり、ゆっくりと進む道中は、やがて六助の前を通り過ぎていく。

銀華の真っ白に塗られた顔は人形そのもので、見開かれた瞳は幻を凝視しているかのように、なにも映していなかった。

あまりの美しさと同時に、本当に手の届かない別の世界の住人になってしまったと実感して、寂しさと切なさが込み上げてくる。

六助は帳面を仕舞った包みをきつく抱えた。

道中は江戸町を出て角を曲がり、仲の通りの茶屋に向かって進んでいく。

一見、芍薬《しゃくやく》かと思いきや、よく見ると季節外れの白銀の雪が花をかたどって渦巻いている絵柄が刺繡《ししゅう》された、素晴らしい打掛の背をぼんやり見送りながら、六助は深く重い溜め息をついた。

――べ、別に、私にはなにも関係がないことだ。それに、いくらきれいでも銀華さんは女郎なのだし。

これから銀華と夜を共にするであろう客のことを考えると、つい、しょせん自分はトワズの血を引く化け物の末裔《まつえい》で、銀華のほうは誰とでも寝る女郎、どちらもろくでもないもの同士、結ばれることなどありえないと、自分も相手も貶《おとし》めることで納得しようとしてしまう。

我ながら醜い心の働きだが、そうでも思わないことには悔しくてどうにかなってしまいそうなのだ。

唇を嚙んで下を向き、六助はとぼとぼと揚屋町へ向かう。

と、俯いた道の先に、こちらを向いて立ち止まっている白い足先が見えた。

「なんでそんな、頭の後ろに漬物石でも乗っけたみたいに下を向いてるのよ」

えっ、と顔を上げると、茜が腕を組んで首を傾げ、はすっぱな様子でこちらを見ていた。

「仮にもあたしの師匠なんだから、もっと堂々としてちょうだい」

「……茜さん。またお休みなんですか？」

おそらく妓楼の中でも、相当な問題児なのだろうと思いながら六助は苦笑する。

「野暮なこと言わないでよ。手習い所を休んじまったら、そりゃよくないだろうけど。女郎屋を休んだって悪いことなんかありゃしないわ」

でしょ？　と同意を求められると否定はできない。

「六助さんは、今日は一人？　うら屋さんと一緒じゃないのね」

「ええ。遼天さんとはこれから蕎麦屋で会うんです」

ふうん、と茜はなんともいえない表情をする。

「蕎麦屋で待ち合わせなんていっても、相手がうら屋さんじゃあ、色気もへったくれもないわね。六助さんらしいけど」

「はい？　なんで蕎麦屋で色気が関係あるんですか」

心底不思議に思って聞くと、茜は一瞬目を丸くしてから、楽しそうにけらけらと笑った。

「六助さんて、本当に初心《うぶ》なのねえ。蕎麦屋の二階といったら吉原に限らず、男と女がいいことするとこって相場が決まってるもんなのよ」

ええっ、と六助は仰天した。

「そ、そういうものなんですか……」

だから最初に二階へ上がったとき、布団が二組敷いてあったのだとようやく合点がいく。

茜はそんな六助がおかしいらしく、なおもくすくす笑いながら言う。

「遼天って名前なんだ、あの人。……ちらっと見ただけど、なんだかさあ、背も高くて肩が広くて、いい男よね」

それは常々六助も思っていることなのだが、茜の口から聞かされるとなんとなく面白くない。

「……ですね」

「ねえねえ。誰かいい人はいるの？」

「遼天さんにですか？ 特定の人はいないようですが」

まさか遼天に気があるのだろうか、と茜を見つめると、薄い唇から笑みが零れる。

「あ、妬いてるんでしょ、六助さん」

思いがけない言葉に、六助は目を剝いた。親しく口をきくようになってきた茜に対しては、幼馴染に感じるような好意はあるが、それは銀華へ寄せる熱烈な憧れとはまったくの別物だった。

「はあ？ なっ、なにを言い出すんですか」

「恥ずかしがっちゃって、もう。わかったわよ、六助さんの気持ちはしっかり」

「だから、なにをわかったんですか！」

勝手に茜に気があるということにされて、六助は焦ってしまう。

おそらく遼天であればこんなときも淡々と否定するのだろうが、女馴れしていない六助はどうしていいのかわからなかった。

「そんなに慌てるのが証拠よ。ううん、どうしようかなあ」

「どうしようって、なっ、なにをどうするつもりなんです」

「だってうら屋さんは男前だけど、あんまり遊び馴れてない人のほうが、いいかなって思うし」

茜は芝居がかった様子で、もじもじと足の先で地面にのの字を書く。

「今のとこ、間夫《まぶ》がいなくてつまんないのよね」

「間夫？　なんです、それ」

「単なる客じゃなくて本気の男ってことよ。女郎だって、本気で惚れた男と寝たいのよ」

色っぽい目つきをされて囁かれ、ええっ、と六助はさらにうろたえる。

「いや、私は、その。そ、そうだ、だいたい茜さんは、私の教え子でしょう？　教え子と師匠でそういうのは、だっ、駄目です」

「そんなあ。なんでよう、吉原をうろつくくせに、石部《いしべ》の金吉《きんきち》だっていうの？」

拗《す》ねた顔を近づけられて、六助は風呂敷包みで自分の顔を覆った。

「からかわないでください！　わっ、私は確かに頭の固い石部金吉ですっ。ですが、だからこそ、そんなことを気安く言われても困るんです！」

大声で喚き、なおも風呂敷包みで顔を隠していると、茜は黙った。

そっと顔をのぞかせると、にっこりと笑みを浮かべてこちらを見ている。

その目が妙に澄んでいて、六助は思わずどきりとした。

ふふ、と茜は小さく笑う。

「わかった、ごめんね六助さん。あんたって本当に真面目なのね」

「い、いいえ。謝ってもらうほどのことでは」

「優しいね。真面目で優しいんだ、六助さんは」

そう言う茜はやはり笑っているのに、どうしてか泣き出す寸前の子供のようだと六助には思えた。

「ねえ六助さん、お願いがあるんだけど」

「……なんですか？」

やっと少し落ち着きを取り戻し、いったいなんだろうと恐る恐る尋ねると、茜はらしくもなく照れたように視線を逸らす。

「大したことじゃないのよ。あのね。じきに夏になるでしょ。そうすると吉原では、九郎《くろ》助稲荷《すけいなり》の縁日があって、金魚屋なんかも出てすごくにぎやかなの。……あたしと一緒に、行ってくれる？」

「えっ。あ、あの」

口ごもったのは決していやだからではない。六助は今も仕事以外で夜の外出はしないようにしていたし、もちろん年ごろの娘と二人きりで祭りの縁日など行ったことがなかったからだ。

茜のことはなかなか可愛《かわい》らしいところもある娘だと思っているし、なにしろこんなふうに誘われたことは初めてで、簡単に言うならば、六助はとても嬉しかったのだ。

――きっと頼めば、遼天さんがお数珠を貸してくれるだろうから、それならば夜でも……ただ縁日に行くだけなら、別にいかがわしいことではないのだし。

六助はうんうんとうなずいて、心を決めた。

「い、いいですよ。縁日くらいでしたら、いくらでも」

うなずくと、茜はパッと顔を明るくした。

「本当？　絶対に約束できる？」

「ええ。断る理由もないですから」

確約すると茜は満足そうにうなずいた。

「よかった。いくらにぎやかでも、一人きりだとつまらないもの」

「お稲荷さんがあるのは知っていましたけど、吉原の中で縁日があるなんて知りませんでした」

「九郎助さんが一番、人気があるのよ。あたしもずっと長いこと、願をかけてた」

「かけてた？　最近はかけてないんですか」

聞き咎めて尋ねると、茜は小さく笑って、そうねとうなずいた。

「なんのお願いごとをしたんです」

うっかりそう聞いてしまってから、六助は後悔した。

茜の顔は笑ってはいたが、これまで見せたことのない寂しげな目をしていたからだ。

「あ、いえ、普通そんなこと人に教えるものじゃないですよね」

慌てて言うと、茜は笑った顔のままもう一度うなずいた。

「……じゃあまたね、六助さん。早くおつかいを済ませないと、遼天さんに怒られるわよ」

言って駆け出した茜は、たちまちにぎやかな花町に姿を消す。立ち入ったことを聞いてしまったと反省した六助だったが、縁日に誘われた高揚感で、少しだけ胸がどきどきとしていた。

銀華の花魁道中で沈み込んだ心が、半分ほど浮上したように感じられる。

勝ち気で生意気だけれど、それは苦界に身を置いているからで、本音は明るく元気でどこの長屋にもいるような娘なのかもしれない。

六助は蒸し暑くて苦手な夏の訪れが、少しだけ楽しみになっていた。


寒兵衛の蕎麦屋の二階へ上がると、遼天は窓の外を眺めながら酒を飲み、小太郎は暇を持て余したように寝転がっていた。

「遅かったじゃねぇか、師匠」

「すみません、ちょっと顔見知りと話し込んでしまって」

もう手習い所は閉めたと知っているはずなのだが、いまだに六助のことを師匠と呼ぶ小太郎は、起き上がってにやにや笑った。

「師匠が吉原で顔見知りと話してただあ？　そんなこと言って、見世の花魁に見惚れてたんじゃねぇのか？」

「言っちゃったんですか、遼天さん！」

ひどいじゃないですか、と恨みがましく見つめると、遼天は困ったように笑った。次いで小太郎が腹を抱えて笑う。

「なんでぇ、図星を突かれたからって八つ当たりするなよ。旦那はなんにも言ってねぇよ」

小太郎にかまをかけられたのだと悟り、六助は顔から火が出そうになる。

「で、師匠の目当てはどこの花魁だい。もったいつけねぇで言ってみろよ」

「そ、それは。……そうだ、それよりちょっとお聞きしたいんですが」

六助は火鉢の横に、姿勢を正して座る。

「ついこの前まで一番前に座っていた花魁が、道中をするなんてことはあるんでしょうか」

「ああん？　話を逸らそうったってそうはいかねぇぞ」

「違うんです。その、私の……なんというか、つまり」

「惚れた相手か」

「そ、そうではなくてその、少し気になる花魁なんですが、先ほど道中をしているのを見たものですから」

すると小太郎はにやにや笑いを引っ込めて、思案げに首を傾げる。

「ついこの前ってのがいつか知らねぇが、まあ、急に出世するってこともあるんじゃねぇか」

「あ、あるんですか、やっぱり」

「そりゃあ……そうだな、たとえばだが、すげぇお大尽に気に入られりゃあ後押しもされるだろうし、後ろ盾になってもらえるだろう。錦絵に描かれた途端、たちまち評判を取るってこともある。それに上が年季明けだの身請けだのでいなくなっちまえば、人気の出てきた若い花魁を格上げして、穴を埋めなきゃならねぇからな」

六助は顔を引き攣《ひ》《つ》らせ、そうなんですかと言うこともできずにいた。

ではもう本当に手が届かないのだ。

出会ったあの日であったら、いやせめてあと数日早ければ一夜くらいはなんとかなったかもしれないのに、と頭の中が後悔でいっぱいになる。

――結局、縁がなかったということだ。きっとこれでよかったんだ。あのとき、うっかり誘われるまま妓楼に上がっていたら、道を踏み外していたかもしれない。それにトワズのことを知られたら、気味悪がられるか嗤われるのがオチだっただろう。せいぜい夫婦になった空想をしているだけが、私には合っている。

六助は心の中で繰り返し、自分にそう言い聞かせる。

「ところでな、六助さん。次の仕事なのだが」

なぜか申し訳なさそうに遼天が言う。

気遣ってくれているのかと恐縮して、あえて六助は自分を励ますように明るい声を出した。

「あっ、はい、仕事ですね。ええと、どこの妓楼ですか」

「うむ。それがな。……抜く花は、その銀華花魁なのだ」

一瞬六助は、なんと答えていいかわからずに返事に窮した。ややあって、固い表情で確認する。

「……それは、その……誰が、ですか？」

「誰が、とは頼んだ客のことか？　銀華の最初の客だという、呉服屋の若旦那だ。水揚げからの馴染みだったらしいが、今六助さんが言ったようにどんどんと銀華の格が上がり、このままでは身上を潰すしか会う手立てがなくなると言ってな」

水揚げということは、六助が銀華を見初めたとき、すでにその客はあの白い身体を抱いていたのだろう。

馴染みの客になれるほど何度も、実家の金にあかせて妓楼に出入りしていた男。

なぜ自分がそんな男の手助けをして、銀華と添い遂げさせなくてはならないのか。

「でも……そうだ、ぎ、銀華さんが……その人のもとへ行くのを望むとは限らないのではないですか？」

「客からは銀華の気持ちも、すでに手紙にしたためられて渡されている。六助さんには辛い話だろうが、二人は言い交わした間柄なのだそうだ」

「なんでぇ、師匠が惚れたってのは、その花魁なのかよ！」

「うるさいですよ！」

素っ頓狂な声を出した小太郎を、ぎろりと六助は睨んだ。

「惚れるわけがないじゃないですか！　あ、相手は女郎だ。銭でどんな男にでも身体を差し出す女なんて、私はご免です！」

頭に血が上ってそう喚いてから、六助はハッと我に返る。

「……てめぇ、もういっぺん言ってみやがれ」

いつもおちゃらけている小太郎の目が据わり、囁く低い声には怒りがひそんでいる。無理もない、小太郎の母親は花魁だったのだ。

「落ち着け、二人とも」

まあまあ、というように遼天が割って入った。

「小太郎。触れられたくない傷口を面白がってつついたのだから、相応の仕返しはあって当然だぞ」

大変な失言をしてしまったと後悔しきりの六助は、焦りながら謝った。

「す、すみません、小太郎さん。私は……そうでも思わないと、自分があまりに惨めだったものですから、つい」

深々と頭を下げると、小太郎はむすっとした顔であさっての方向を見ていたが、しばらくすると照れ臭そうにもそもそと謝り返してきた。

「確かに、糞《くそ》真面目な師匠の糞真面目な色恋沙汰を嗤ったのは、俺も悪かった」

「よし、これで手打ちだ。いいな」

　素直に六助も小太郎もうなずいたが、それとこの仕事の話を受けるかは別だ。

　銀華は六助にとって初めて強く心を動かされた相手だった。そしてなにより、トワズであろうと臆病であろうと、客としてならば手が届く可能性があるのだと希望を持たせてくれる、天女のような存在だった。

　寝ても覚めてもその姿を思い浮かべていた銀華と、見知らぬどこかの男との成就を手伝う心積もりには、どうしても六助はなれない。

　それに二人が想い合っていてつけ入る隙さえない、というならまだあきらめがつくが、そうではないかもしれない。単に男が親の金にあかせて、六助より先に客になったというだけの関係ではないのか。

　今までは複数の男を相手にする花魁とはいえ、誰も銀華を独占できないと思えば、自分も相手にしてもらえる可能性を想像して心が浮き立った。

　だが他の男と所帯を持ってしまったら、二度と姿すら見られなくなってしまう。

　手の届かない花魁であっても、吉原にいれば道中だって眺められるのだから、そのほうがずっといい。

　そしてまだ、今のままの状態でいられる可能性は残っていた。

「そ、そうだ。でもとにかく、勾玉で火を見ないことには。もし勢いよく燃えていたら、そのまま抜かずにおくんですよね？　それに……呼び出し花魁になったのであれば、見世には並びませんから、茶屋にいるところをうまく見つけるまでに時間がかかるかもしれない」

　少しでも時間が稼げると六助は思ったのだが、遼天は意外なことを言った。

「いや、火を見る必要はない」

「は？　な、なんでですか」

「実はこの話が来てから、銀華のいる楼に様子を見に行ってな。遣り手婆の八卦を見ながら、いろいろと話を聞いたのだが。……あそこは今、商いがうまくいっていないらしい」

「そうなのかよ？　あんなでけぇ見世で結構、儲《もう》かってるみてぇなのにな」

　小太郎が不思議そうに言う。

「儲けは出ているらしいが、もともと内儀が大層金遣いが荒い上に、先日楼主が突然逝去した。そのためせっかく人気の出た稼ぎ頭の花魁を、別の妓楼へ部屋替えさせるはめになったとぼやいていた」

「部屋替え？」

　六助が聞くと、小太郎が答える。

「つまりまとまった金子が必要になったんで、楼から楼へ花魁を売るんだよ。なるほど、つまりそれが銀華なんだろ、旦那」

うなずく遼天は、険しい表情になった。

「うむ。花魁の部屋替えそのものは珍しいことではない。が、問題は……銀華が売られる先が、瑞雲楼だということだ」

「ええっ！」

六助は驚愕《きょうがく》して、目を見開いた。瑞雲楼といえばあの、蟻が蠢いていた、鬼征魂と金槌坊の巣食う妓楼ではないか。

「あ、あんな小さな見世にですか？」

「普通は大見世で売れなくなったり、問題を起こした遊女が小さな見世に落ちていくものなのだが、瑞雲楼はもともと事情が違う。金にあかせて他から引き抜いているから美女ぞろいなのだ」

「でもそんな無謀なことをしていたら、他の見世から顰蹙《ひんしゅく》を買うに決まってますよ」

むろんだ、と遼天は険しい顔でうなずいた。

「しかし前にも言っただろう。これまでに幾人も、瑞雲楼のやり方を非難した楼主が怪死している。以来、触らぬ神に祟りなしとばかりに、あの見世は吉原のしきたりの外にあって放っておかれるようになってしまっているのだ」

「で、ではまさか、銀華さんがいた見世の楼主も」

「ああ。怪死も怪死、事故でもねぇし殺しとも言い切れねぇ。それというのも、とても人ができる殺し方じゃねぇんだとさ」

遼天が答えるより早く、小太郎が口を挟んだ。

「それはその。い、いったいどういう」

びくびくしながらも尋ねると、小太郎はそれがな、と声をひそめる。

「まるででかい丸太が上からどすんと落っこちたみてぇに、ぺっちゃんこにされちまってるんだと。ご面相さえわからず、煙草入れや着物の柄で、ようやく身元がわかるってほどむごい死に方らしい」

「そんな……」

「一番人気の銀華を瑞雲楼が引き抜くってんで、もちろん怪死と関係あるんじゃねぇかと疑われてるが、あそこの楼主は背は高いがひょろりとしてるし、婆さんにもあんな殺しができるわけはねぇからな。祟りか呪いじゃねぇかと騒がれてる。お上も証拠がなきゃ動けねぇ」

もし怪死が本当にあの蟻の化け物と関係があるとしたら、瑞雲楼はもう疑うことなき妖怪変化の巣だ。

そんな見世に銀華が売られたら、おそらく無事では済むまい。

六助は膝の上で両の拳を、血が出るほどきつく握り締めた。

花魁の寿命が極端に短くなる不気味で危険な見世に、銀華を行かせたいわけがない。

銀華を助け出して親元へ送るということであれば、命がけで奮闘する覚悟はある。

けれどどうしても、別の男と添い遂げさせるとなると話は別だと思えてしまう。

おそらくこの先ずっとトワズの自分には、現実の実体を伴った色恋沙汰など訪れるわけがない、と六助は考えている。

お澄はトワズの自分にも理解があったが、せいぜい年の離れた弟くらいにしか思ってくれぬだろう。茜は今でこそ好意的だが、実はこちらがとんでもない臆病者でおかしな血を継ぎ、今は師匠も廃業していると知ったら、呆れて口もきいてくれぬに違いない。

想像の中だけでも恋の相手として想い続けられるのは、銀華しかいないと六助は思い詰めていた。そうだ、と思い出して顔を上げる。

「そういえば遼天さん。瑞雲楼の花魁を抜こうとすると、花魁は死んでしまうと言っていませんでしたか？　や、やめたほうがいいのでは」

わずかに一筋の光明を見出した思いで言うと、それは声にも表れていたらしく、さすがに寛大な遼天も表情を曇らせた。

「だからこそ、見世に移る前に逃がしてやりたいのだ。六助さんの気持ちはわかるが、どうかここは堪えて割り切ってはくれぬか。俺はこの際、あの化け物を片づけて、瑞雲楼を一掃したい」

「そもそも師匠の横恋慕だろ。見初めたときにゃとっくに出来上がっちまってたんだろうから、あきらめるしかねぇやな」

そんなことは小太郎に言われるまでもなく、よくわかっている。

こちらは何度も所帯を持つ夢を見たというのに、銀華にとっては自分など、大勢の冷やかしの一人でしかなかったということだろう。事実だから仕方ないとはいえ、それがどうしようもなく惨めで、悔しい。

事態の深刻さのせいか、いつも飄々《ひょうひょう》としている遼天も男らしい眉を寄せて言う。

「なにしろ、化け物が絡んでいるからな。なにごともいつものようにはいかぬ。二手に分かれるが、六助さんにも大事な役目をしてもらわねばならぬ」

えっ、と六助は遼天を見た。

「これまでのような仕事とは違うのですか」

「ああ。銀華を逃がす囮《おとり》として直接吉原の若衆たちを相手にするか、瑞雲楼の中に潜り込むか、そのどちらかだ」

さーっと頭から血が下がる音を、確かに六助は聞く。

「そ、そんな大きな役目を私が？」

やはり今回の仕事はできない、と六助は額に汗を滲《にじ》ませて思う。

そんな六助を、憂いを含んだ目で遼天はじっと見つめる。

「六助さんには悪いと思うが手が足りぬ。いつものように見張り役というわけにはいかんが、どうか気張って働いてみてはくれんか」

「駄目です！　そ、そうだ、そもそも今は監視の目も増えて花渡しも花箱もできないし、呼び出し花魁ともなれば検死もあって、花氷は無理だと言っていたじゃないですか」

「大門から歩いて逃げてもらうしかねぇよなあ」

小太郎がつぶやくように言い、無理です！　と六助は悲鳴のような声を上げる。

「いや、無理とは限らん。新たな方策も考えてある。それを実行するにはどうしても六助さん、あんたの働きが必要なのだ」

「だ、駄目ですってば。二人とも、ただでさえ私は気が弱いってわかってるでしょう。そんな大変な仕事、できるわけありません！」

「確かに、大門から逃がすほうが危険だろうな。ものの本来の姿が見えてしまう六助さんには恐ろしいことかもしれんが、数珠を首からかけて瑞雲楼に潜り込む役のほうがいいかもしれぬ。ただしあちらも金槌坊と鬼征魂の存在があるが」

「もっと無理です。わっ、私は遊郭に上がったことなどないですし、勝手がわかりません」

「そうは言っても小見世だぜ。構えなくてもぶらっと入れらあ」

「できません！　駄目なものは駄目なんです！」

正確には駄目というより、なにがなんでもいやだという子供っぽい拒絶反応がある。必死な思いで断るが、遼天は食い下がった。

「しかし随分と六助さんは強く、逞しくなったはずだ。金槌坊を見てさえ、腰を抜かさなかったではないか」

「そっ、それは、だから、遼天さんがいたからですよ」

もそもそと言って視線を逸らすと、やいやいやい！　と気色ばんだ小太郎が片膝を立ててこちらににじり寄る。

「なんでぇ、大の男がうじうじしやがって、ケツがむず痒《がゆ》くなってくらぁ！　なあ師匠、てめぇの惚れた女なんだろ？　そいつを地獄から救ってやろうってのに、なんだって迷う必要があるんでぇ」

「なんでって、だ、だって助けたら私とは二度と会えぬかもしれませんし……」

「ああん？　てめぇのもんにならねぇから、みすみす地獄に引き渡していいってのか？　見損なったぜ、このすっとこどっこい！　俺ぁな、腕っぷしが弱かろうが肝っ玉が小さかろうが、そんなもんはてんで気にしちゃいなかった」

猫のような目に睨まれて、六助は縮こまる。

「根っこが真人間で善人と思やぁ、やべぇ仕事を組む仲間と認めたんだぜ。それがどうだ。てめぇのことしか考えねぇ唐変木なら、俺ぁ金輪際、師匠を稲荷隠しの仲間とは認めねぇぞ」

「頼む、六助さん。寒兵衛に機敏さが必要な仕事はさせられん。お澄はこの界隈で顔が知られている。お主しかおらんのだ」

小太郎に責められ、遼天に懇願されても、まだ六助は決心できない。

二人とも自分などよりずっと苦労をして生きてきたのだろうし、見識も広く考えも深いとわかっている。だが、この年まで女を知らず、初めて想いを寄せた相手をあきらめる苦しさは、きっとわからないに違いなかった。

自分に自信のない六助にとって銀華は、添い遂げることは無理でも一方的に想いを寄せ続けていられる、唯一の夢の対象のように思えていたのだ。

「……すみません。もう少しだけ、考えさせてください」

六助は言ってのろのろと立ち上がる。

その背に、遼天のよく通る声が響いた。

「銀華の命を救うには、六助さんの力がなくてはどうにもならんと覚えておいてくれ」

それには返事をせず、黙ったまま階段を下りて蕎麦屋を出た。

外はそろそろ日が沈みかけていて、数珠をかけていない六助は、早く帰ろうと仲の通りへ向かう。

――手を貸してくれと言われても、簡単にその気になれるなら迷うわけがないじゃないか。あの人たちは、色恋に慣れているからそんなことが言えるんだ。そりゃあ、銀華さんと話をしたことは一度きりだし、私一人の勝手な思い込みと言われればそれまでだけれど。でもこちらの命をかけて、他の男と夫婦にさせるなんて……。

悶々としながら歩いていくと、揚屋町の柱だけの木戸のところにほっそりとした、先ほど別れたばかりのよく知った姿を見つけた。

「茜さん。なんでこんなところにいるんですか」

さすがに不思議に思って六助は尋ねる。これから吉原は一番にぎやかなかき入れどきを迎えるはずだ。

茜はいつものように、少しだらしなく着物を着崩していたが、その表情は初めて会ったときとは別人のように静かで柔和だ。

なんとなくそれが気になって、六助は心配になって尋ねる。

「……もしかして、どこか身体が悪いんですか？　それでお休みをもらっている、とか」

うん、と茜の尖った小さな顎が縦に動く。

「そんなようなもんよ。あたしはね、もうずっと休みなの。ただこうして、ふらふらしてるだけなのよ。それでこのところずうっと、いろんなことを考えていたんだけれどね」

どういう意味だろう、と六助は首をひねった。そんなことが許される存在が、吉原の中にいるのだろうか。

「あの。茜さんは、実はどこかの……揚屋町の商家の娘さんですか」

「やだ、そんなふうに見える？　あるわけないじゃないのさ、あたしはお女郎。それも下っ端の最下級の河岸女郎よ」

けらけらと屈託なく笑いながら、茜はしゃがみ込んだ。その手は、小さな棒切れを持っている。

「ねぇ、ほら見てよ、あたしのお師匠さん。ちゃんと名前、書けるようになったんだよ」

茜はがりがりと、いつぞやのように地面に文字を書き出した。その声は明るいが、なんとなくいつもとは雰囲気が違う。

違和感の正体がわからぬままに、六助の目はたどたどしく文字を書く細い指先を追った。

「どう、これでいいんでしょ？　あ、か、ね」

一生懸命、慎重に書き終えて自分を見上げた顔に、六助は奇妙な感動を覚えて胸を突かれた。

その表情はあどけなく、瞳が赤ん坊のように澄んでいたからだ。

「え……ええ。ね、が少し曲がっていますが、おおむねそれで大丈夫です」

「そう？　読める？」

「はい。ちゃんと書けていますよ」

六助が請け合うと、茜はにっこり笑って立ち上がる。

そしてまったく彼女らしくなく、寂しげな口調で言った。

「そう。じゃあやっぱり、これでもうお仕舞いってことにするわ。さっきうっかり調子に乗っちまったけど。縁日の約束、あれはなかったことにしてね」

「――え……？」

六助はふいに、周囲の空気の温度が下がったように感じた。

この周辺一帯に霧がかかり、通行人の姿も見えず喧騒も聞こえない。

なんとはなしに不安を覚えつつ、六助は目の前の勝ち気な花魁を凝視する。

「あの。どうしてですか。私は少し楽しみにしていたんですが」

「だからよ。もうその気持ちで充分だと思ったの……。あのね、六助さん」

茜はにっこりと、透きとおるようなきれいな笑顔を見せる。

「どうもあたしと長く関わると、相手にとってはよくないみたいって気がついたから。時々構って、可愛がってた野良犬がいたんだけど、ころっと死んじまってね。偶然かもしれないけど、もしかしたら、あたしのせいじゃないかと思うの。可哀そうなこと、しちまったわ」

自分たちを取り巻く異様な重い空気と、茜の不気味な話に、まさか、と六助は身体を強張らせる。

「あ、茜さん。あなた……まさか、まさか」

そうなのよ、と小さな顔があどけない仕草でうなずいた。

「胸を患ってね。かれこれもう、五年にもなるかなあ」

——ではこの娘は。とうにこの世の人ではないのか……！

そう悟っても六助は恐れることすら忘れ、呆然と立ち竦むだけだ。目の前の亡霊は、なおも続けた。

「ごめんね。でも化かすつもりなんてないし、なんにも悪いことなんてしやしないわよ。ただ、あたしのことが見える人がいたから、声をかけちまっただけ」

しかしまだ六助は半信半疑だった。

なんというか、こうして茜の近くにいても、背筋がゾッとするようないやな感覚がまるでないのだ。

だからこそ、これまで茜が亡霊だなどと考えてみたこともなかった。

そうと知らずに親しく口をきくようになってしまったせいか、怪しいものと接するときのような気味の悪さはない。

それでも知人がとっくに死んでいた存在なのだ、という事実に衝撃を受けていた六助だったが、必死に激しく動揺する心を抑える。

なんだか大声を出して騒ぎ立てたら、茜が傷ついてふっと消えてしまうような、そんな気がしたからだ。

「あ……茜さんは。なにかこの世に未練が残って、成仏できないんでしょう？　もしも

「……私になにか、できることがあるなら」

「それなのよねぇ」

茜は手の中の棒切れを弄《もてあそ》びながら、照れ臭そうに答えた。

「あたしはね、六助さんも知ってのとおり女郎だったからさ。そりゃあもう、数えきれないくらい男と寝たのよ。初心な六助さんには想像もできないようなあんなことやこんなこと、なんだってやっちまったんだから。別に、やりたくてやったわけじゃないけどさ」

六助には苦手な話だったが、さすがに亡霊の話とあっては生々しさがなく、むしろ痛ましい思いがする。

それに茜の口元は皮肉そうな笑みの形になっていたが、瞳にはなにもかもあきらめたような悲しい色が浮かんでいた。

「おとっつぁんがたちの悪いやつから金子を借りて、あたしは二束三文で叩き売られちまった。それが数えで十六のころ」

「……そうだったんですか」

「だからってあたしは泣きゃあしなかったわよ。そんなことしても一文にもなりゃしない。毎晩、毎晩、文句なんて言わずに客を取って、いろんな男に抱かれたわ。男の身体のことなら、どこをどうすりゃいいのかあたしはなんでも知ってる。女郎ったって銭を貰う以上、しっかりやるのがあたしの信条なんだ」

胸を張って言い放った茜だったが、声も目も寂しげなのは変わらない。

存在そのものがそよ風で消えてしまいそうにはかなげだというのに、強気な言葉が痛々しさをさらに強く感じさせる。

「……だけどね。あたしには、他にやってみたいことがあったのよ。……前に聞かれて教えなかったけど、お稲荷さんにずうっとお願いしてたのもそれなの。叶《かな》う前に、病にとりつかれちまったけど……」

つ、と茜がすぐ傍まで寄ってきて、真正面から六助を見つめてきた。

「な、なにを、ですか。どんなことをしたかったんです」

聞きながらも、無理難題を願われたらどうしよう、と六助は焦った。

ずっと九郎助稲荷に願をかけていたというのだから、よほどの大事だろう。

叶えてあげられなければ、恨まれるかもしれない、と思ったのだ。

けれど茜はかすかに笑って、夢見る瞳で言う。

「それはね。いい人と出逢《であ》って、たとえば……安い銀流しでいいから、簪を見立てて買ってもらったり。風が気持ちいいね、蓮《はす》がきれいね、なんて言いながら肩を並べてぶらぶらと池でも散歩したり。そういう、つまんないことよ」

「そ、それは……」

言いかけて六助は胸がいっぱいになってしまい、言葉に詰まった。

つまりそれは銭のやりとりなどせず町娘のように、想う相手と時間を過ごしたいという だけの、ほんのささやかな願いではないか。

男の身体のことは知り尽くしている、とはすっぱに構えて粋がる少女の願いは、あまり にいじましいものだった。

「その願いのために、心が残ってしまったんですか……？」

「うん。おかしいでしょ」

言って恥ずかしそうに茜は笑った。それはこれまで六助が見たどんな女の笑みより、美 しく可憐に感じられる笑みだった。

見ず知らずの男たちの身体に組み敷かれながら、この娘はどれだけ好いた男との出逢い を夢見ていたのだろう。

あれだけ怪異を怖がっていた六助の口から、自分でも思ってもみない言葉が出た。

「そ、それならば……私でよければ、不忍池《しのばずのいけ》にでも行きましょう！　他の人には見えな いなら、吉原からも出られるんでしょう？　散歩くらい、お安いご用です。一日くらい一 緒にいても、どうってことないですよ。それに」

「いいのよ。あたしはこの、吉原の土に縛られちまってるの」

「で、でも」

嬉しそうな声で茜が遮る。

「本当に、もういいんだってば」

「駄目ですってば！」

思わず袖に触れようとした六助の手は、すいとかわされた。

ゆっくりと茜は細い首を左右に振る。

それからキッと表情を引き締めて、六助を見た。

「もうあたしのことは、見かけても二度と声をかけないで。あたしもできるだけ近寄らないようにするから。約束して。それがあんたのためなの」

「そんなに気を遣わないでください！　私は茜さんが思っているような優しい男じゃない！」

思わず、ひっくり返ったみっともない声が出る。

「私は自分勝手で臆病なのに欲深で、卑怯《ひきょう》な小心者なんです！」

「あら。それならなおさら都合がいいじゃない。さっさと逃げて、あたしなんか忘れちまえばいい。……ごめんね、六助さん。あたしがうっかり声をかけちまったから、情《なさけ》をかけてくれたのね。自分を責める必要なんて、全然ないわよ」

茜はハッとするような、優しく可憐な笑みを見せた。

「だからお願い。下ばかり見ないで、胸を張ってね」

それらどう答えていいかわからず、咄嗟に六助は手を差し出した。

けれどその手は、すいと茜の肩をすり抜ける。

一瞬うろたえて自分の手を見つめ、次に茜のほうに視線を移したとき。

すでにそこには誰もいなかった。

しばらく六助は茜がいたはずの場所に手を伸ばしたまま動けずにいたが、通りの向こうから聞こえてきた酔っ払いの高笑いに、ハッと我に返る。

今はもう周囲には怪しい気配も霧もなく、通り過ぎるものが不思議そうにこちらを見ていた。

まだ茜がどこかにいるのではないか、と空を見上げた六助の顔に、ぽつりと冷たいものが落ちてくる。

日の暮れかけた空には黒い雲が集まっていて、どうやら雨が降りそうだ。

どんよりと暗い空には人魂のひとつも見えなくて、今の一幕は夢だったのではないかと六助は呆然と周囲を見回したのだが。

「……あっ！」

ぽつ、ぽつ、と大粒の雨が落ちて埃を立てる地面の上に、『あかね』という下手糞な文字を見た。刹那。

六助は飛びかかるようにして、その字の上に四つん這いに覆いかぶさった。

――雨に濡れたら、消えてしまう。あの勝ち気でいじらしい人の、この世にいた証が流されてしまう。

大きな雨の粒が落ちてくる間隔は早くなり、やがてざあっと激しく降り始めた。

六助は腕で文字を囲むようにしていたが、容赦なく雨水が土に染み込みぬかるんで、だんだんと文字の形は崩れていく。

と、急に雨粒が落ちてこなくなり、六助は上を向く。

そこには難しい顔をしてこちらに傘を差しかけた、遼天が立っていた。

「わ……私が名前の書き方を、教えた娘がいたのです。それが……」

わななく唇でそう説明すると、遼天は、わかっているというようにうなずいた。

「うむ。なにも悪いものを感じなかったので言わずにいたが、時折、六助さんになにものかの気配が残っているな、と感じたことはある」

「恨みも、泣き言も、悪い心はなにも持っていない人でしたから。だからいやな感じが、しなかったのだと思います……」

目の前にいたときには驚愕と信じがたい思いのほうが勝っていたが、今改めて茜が死んでいたのだと実感すると、急激に悲しみが襲ってきた。

あの勝気で明るい、自分をお師匠さんと慕ってくれた娘は、おそらく報われない日々を送った挙句、孤独と病苦の中で命を落としたのだ。

鼻の奥がつんと痛み、六助はぎゅうと唇を噛む。

腕の中の文字は、すでに激しい雨で消えてなくなっていた。

「生者必滅《しょうじゃひつめつ》、会者定離《えしゃじょうり》」

遼天が慰めるようにつぶやいた。

「生を受けたものは、必ず死ぬ。出会ったものとは生き別れるにしろ、死に別れるにしろ、いつかは離れるのが定めなのだ。それは悲しいことではあるが、受け入れねばならん。

……よいか、六助さん。あんたもいつか必ず死ぬのだ」

ごく当たり前のことなのだが、遼天に言われて初めてそのことに気がついたように、六助には思える。ぬかるんだ地面からもう一度、顔を上げた。

銀箭《ぎんせん》の中、遼天はそんな六助の胸に一言一言を刻みつけるように、重々しい声で言う。

「心残りなく浄土へまっすぐ向かうか、それができずにこの地に縛られるか。その違いがあるだけで、お主の忌み嫌い恐れている亡霊にいつかは成り果てる。俺も、銀華も、この世のすべての生き物がだ」

なおも動けず地面にうずくまっている六助に、遼天は辛抱強く傘を差し出してくれていた。

「命が等しく果てるということは、俺のような中途半端なものにとっては救いでもある。……武士も与太ものも、みな人としての最後は同じなのだと」

それに深くうなずいて、六助は泥だらけの身体でよたよたしながら立ち上がる。

「さあ、裏から入って、着替えるといい」

うながされ、黙ったまま素直に六助は遼天の後に続いた。

ちらりと振り返った場所には、すでに茜の気配も文字もなにもなくなっている。

だが吉原で仕事をしていれば、またいつか姿を見せてくれることもあるかもしれない。

六助は自分をそう励まして、茜に言われたとおり、顔を上げて歩いたのだった。


「あーあ、なんでぇそのザマぁ。浅草田んぼでミミズとでも遊んでたのかよ」

寒兵衛おやじの蕎麦屋に裏口から入ろうとすると、小太郎が呆れた顔をして土間へと下り、出迎えた。

その手には、手拭いと着替えが一式持たれている。

「そんな格好で上がられちゃあ、蕎麦が埃だらけになっちまわあ。手だの足だのちまちま洗っても埒が明かねぇ、ひとっ風呂浴びてきな」

「あ。は、はい」

「雨に濡れると悪い風が入るからな。よっくあったまってついでに厄介なことも、頭から全部流してきやがれ」

小太郎に呼応するように、遼天が傘を渡してくれる。

もしかしたら二階から様子をうかがっていたのかもしれない。口調は乱暴だがこれは小太郎の心遣いなのだと察し、六助は深く頭を下げて近くの終業間際の湯屋へと向かった。

二人の思いやりに感謝しながら、何年も一人ぼっちでいた茜を思うと、ますます六助の胸は痛む。

束の間の短い出会いではあったが、考えてみればあんなふうに心安く話せる肉親以外の異性というのは、六助にとって初めての存在であった。

湯屋の石榴口《ざくろぐち》をくぐった先の湯船の明かり取りはとても小さい上に、夕暮れ間近の外は雨とあって中はとても暗く、六助の顔が込み上げてくるものにくしゃりと歪んでも、誰も気がつきはしなかった。

湯の中でばしゃばしゃと顔を洗うふりをして涙を振り切り、汚れを洗い落として湯屋から戻ると、すでに日はとっぷりと暮れている。

いつもであれば、そろそろ奥山に一仕事しに行く時刻であるにもかかわらず、急いで蕎麦屋へ戻ると珍しくまだ二階に小太郎がいた。雨なので、今夜は見せ物はやらないからだろう。

「よう、師匠。ちったあ、すっきりしたかい」

胡坐をかいた小太郎がこちらを見上げて言い、遼天も猪口《ちょこ》を傾けながら気がかりそうに六助を見る。

「はい。おかげさまで、なんとか。汚れた着物は下で洗って、雨が上がったら干してくれるというので寒兵衛さんに預けてきました」

「……親しくなった娘が、幽霊だったんだってな」

小太郎はなんともいえない複雑な表情で、六助を見る。

「あんたや旦那みてぇに、そういうもんを見ちまうのがどんな気分か、俺にゃ想像もつかねぇ。ただ、とうにいねぇ相手をいつまでも引きずってもいいことはねぇぜ。こっちは生きてるんだ。働いて、おまんま食わなきゃならねぇからな」

そうは言いながらも稲荷隠しなどという稼業に手を染めるのは、おそらく小太郎が顔も知らぬ母親への思慕を断ち切れずにいるからだろう。

辛い思いを抱えながら六助を遠回しに慰め、前を見ろと励ましてくれている。その気持ちをわからぬほど、バカではなかった。

六助は畳に正座し、二人に向かってぺこりと頭を下げる。

「……我儘《わがまま》を言って、すみませんでした」

「ああ？　なんでぇ、いきなりしおらしくなっちまって」

小太郎がぎょっとした声を出す。六助は頭を上げ、姿勢を正して順番に二人を見る。

「私は。……私は、恥ずかしい。これまでもそう思うことはたびたびありました。変わらなくてはとも思っていました。少しばかりは変われた気にもなっていました。けれど私は、なにもわかっていなかった」

遼天は黙ったまま、黙々と猪口を口に運んでいるが、その表情は穏やかだ。六助は必死に続ける。

「怪異というものについて、深く考えたことがなかったのです。単にすべては化け物だと。恐ろしい奇怪なものとしか見えていなかった。もちろん、本当に恐ろしいものもいるでしょう。でも、すべてではない」

もし自分の先祖が契った相手が茜のような心を持っていたとしたら、それが亡霊でも妖魅という存在でも、否定はできぬと今の六助は思う。

そうですよね、と同意を求めると、遼天は静かに猪口を差し出してきた。

酒にあまり強くない六助は一瞬迷ったが受け取って、くい、と一息に飲み干す。

「それに、なにか辛いことがあったからといっていつまでも悲しみに溺れて、うずくまっているわけにもいかない。生きている私たちは、先のことを考えなきゃならないですから」

ですよね、と今度は小太郎を見ると、まあな、という答えが返ってくる。

「だから、私は」

言いよどむ六助の前に、もう一度なみなみと酒を注いだ猪口を遼天が差し出してきた。それを一口だけ飲んで、ぐいと手首で濡れた唇を拭う。

「私は、できることをせねばと思うようになりました。……人に見えぬものが見える。恐ろしい思いをする。トワズの血を濃く受け継ぐという厄介な運命に生まれたのだから、ひたすら怯え、逃げ隠れるのも仕方ないではないかという甘えが、私の中にありました。そのせいで私は、人も亡霊も上っ面の表面しか見ていなかった。見ようともしていなかった。茜さんのことも、銀華さんのことも」

六助は溜め息をつき、さらに続けた。

「……もしも、銀華さんが……私が手を貸さなかったばかりに、あの化け物の妓楼に移り、その結果身体を食い尽くされて死んでしまったらどうなるかと、考えたのです。もしそんなことになったとしたら」

たとえ話であるにしても口にするのに気が咎めて、六助は言葉に詰まる。

「……銀華さんは想う人と添い遂げられない無念さでこの地に縛られ、当てもなく孤独にさまよう亡霊になってしまうのではないでしょうか。そ、そして、そんな銀華さんの亡霊と、仲の通りで出くわしてしまったら。……私は、どうしていいかわからぬほど後悔します。私は銀華さんの見えるところだけを勝手に想うばかりで、人となりもその背後にあるものも、なにも考えようとしてこなかった。でも、今は違います」

言いながら亡霊となった銀華の姿を想像して、ぶるりと肩を震わせる。

「あの人にも家族があるでしょう。常に身を案じる両親も、懐かしい故郷も。そんなことにも思い至らぬ私の臆病な心と卑劣さのせいで、銀華さんは命を落としたかもしれない。……そう考えると、怪異などよりよほど恐ろしい。一番醜くたちの悪い化け物は、ここにいたんです」

自分の胸を押さえる六助に、遼天は深くうなずいた。

「では、やる気になってくれたか」

「はい。いずれこの世を去るときに、悔いや心残りのないようにしたいですから」

「そうか。ならば金子はこちらで用意するので、明日の夜にでも瑞雲楼へ」

いいえ、と六助はきっぱり首を振った。

「私にはぜひ、銀華さんを逃がす役目をさせてください」

お願いします、と頭を下げると、小太郎が心配そうな声で言う。

「……尻を叩いておいてなんだけどよ。その役割は、バレたらその場で叩っ斬られちまうような、そんな厳しい仕事だぜ。俺と違って逃げ足は遅そうだが、本当にいいんだな？」

ごくりと六助は唾を飲み込んだが、気持ちは変わらなかった。

「やります。斬られるのもご免ですが、死にたくなるような後悔を抱えるのもご免ですから」

「安心しな。死ぬ気で働きゃ、案外死なねぇもんさ」

にっと笑って小太郎は言い、肩をどやしつけてきた。

「頼むぜ、師匠。あんたと二人の初仕事だ」

「はい。できるだけのことをします」

「では楼の中は俺ができるだけ片づけておく。銀華を逃がした後、六助さんは瑞雲楼に向かい、正体を見極める目として確認をして欲しい」

「はい。任せてください」

遼天はもう一度猪口をすすめて、真顔で言う。

「なにがどうなるか、俺にもすべては予測できん。くれぐれも気をつけてくれ」

「……人間相手ではないですからね」

桃色の眼球を思い出して六助は、一瞬だけ気持ちがくじけそうになった。小太郎も難しい顔になる。

「しかし旦那、いくら腕が立つといったって、化け物相手に喧嘩を売って勝てる自信はあるのかよ」

小太郎の言葉に、六助はそうだと手を打ち合わせる。

「遼天さん。新しい刀を買われたらいかがですか。失礼ですが、古道具屋でも、あの赤錆刀よりは切れ味のよいものがありそうではないですか。それか、せめて研《と》ぎに出すとか」

遼天は苦笑した。

「そう思うのも無理はないが、あれはそもそも人を斬る刀ではないし、肉や骨を断つことが目的ではないのだ」

へ？　と首を傾げる六助に、小太郎が説明する。

「そもそも旦那の持ち物は、へんちくりんなもんばかりだろ。火の見える勾玉だの、魔除けの数珠だの。あれは昔世話になった寺の住職から貰ったもんなんだと。刀もつまりは、この世よりあの世のほうに役に立つようにできてるってわけだ」

「なるほど！　では、立派な銘の刀より、化け物相手には効果があるのですね」

考えてみればもとは死人の魂とあってみれば、どれだけ素晴らしい刀工の鍛えた刃でも、免許皆伝の剣士でも、妖怪変化の類は斬れないのに違いない。

そういう相手であれば確かに、日ごろは厄介なだけの六助の目も勘も役に立ちそうだ。

酒のせいもあるのかもしれないが、六助のやる気は増してくる。

自分の力がたとえわずかであっても、一人でも吉原から、茜のように悲しい思いをする少女を減らしたかった。

銀華が部屋替えをする前日。
それは足抜けを決行するためにはぎりぎりの期日だった。
遼天にこの仕事を依頼してきた客は、日本橋の呉服屋の跡継ぎで、利三郎《りざぶろう》といった。
六助は会っていないし、顔を見るのは銀華を引き渡すときになるだろうが、遼天による
と顔も身体も丸い絵に書いたような善人だという。
銀華が見世に並んだその日に水揚げをし、足しげく通ううちにすっかり本気になって、
なにがなんでも自分だけのものにしたいとかき集められるだけの金子を持って、遼天にか
け合ったらしい。
その利三郎を通じ、銀華に足抜けについてのことの運びは伝えてある。
銀華は喜んで承諾したというが、すでに六助には、悋気《りんき》に迷う心はなかった。
どこかで幸せでいてくれれば、少なくとも憧憬や思い出は美しいまま心に残る。
茜の勝気な態度と言葉の裏の、悲しい気持ちを汲《く》み取ることすらできずにいた半人前の
自分にとっては、それで充分だ。
だから銀華が首尾よく揚屋町の寒兵衛おやじの蕎麦屋の二階にやってきたときにも、胸
の高鳴りまでは抑えきれなかったものの、舞い上がって混乱してしまうということはなか
った。
深刻な顔をして、ちんまりと畳の上に正座している銀華の前に、六助も正座をしてでき

るだけ落ち着いた声で手順を話す。

銀華は部屋替えの前に買いたいものがあると楼を出て、お付きの新造に忘れ物を取りに戻らせた合間に蕎麦屋の裏手から二階に上がった。

しかし、銀華の姿がないのであちこち探し、ついにはいなくなったと知って新造が楼に告げに戻るまで、一刻とはかからないに違いなかった。

「では急ぎましょう。教えたとおりの手はずで、仲の通りに出たらまっすぐ走って大門を出てください」

「はい。でも」

銀華は廓言葉とは違う、町娘の口調で言った。

「四郎兵衛《しろべえ》番所の前を通って大門から出るというのは、とても怖いのですが。大丈夫なのでしょうか」

四郎兵衛番所というのは、遊女たちが逃亡しないよう見張っている監視人がいるところで、大門のすぐ脇にある。

監視専門の猛者《もさ》たちがそろっており、特に『女之介《おんなのすけ》』と呼ばれる、男装して逃亡を図る遊女たちへの警戒の目は厳しかった。

「正直、これは賭けです。近ごろは塀の周囲の監視が厳しいので、大門からしか出られません。とにかく銀華さんは脇目も振らず、一目散に走ってください。なにがあっても決して振り向いたり、立ち止まったりしないように。大門を出たところに籠が用意してあります。すぐわかるはずですから、ためらわず乗ってください」

「わかりました。……利三郎さんに、みなさんを信じるよう、よく言い聞かされましたから」

白塗りの化粧をせず廓言葉でもないせいか、銀華の浮世離れした天女のような雰囲気は、今はまったく感じられない。態度も物腰も、見世とは違う。

そのせいか、どうも別人を目にしているようだと六助は感じていた。

一緒に行動する小太郎が、そろそろ行くぞと立ち上がり、顔が強張って緊張しつつも六助は口を笑みの形にしてみせる。

「絶対にうまくいきますよ。私たちに任せて、大船に乗ったつもりでいてください」

深編み笠を抱え、こくりとうなずく銀華の表情は凛《りん》として、すでに腹は括《くく》っているようだ。

今日は店を閉めている階下の蕎麦屋へ下りていくと、寒兵衛が火打石をかちかちと打ち鳴らした。

「そんなら、気をつけてな」

「はい。行ってまいります」

六助は固い表情でうなずいた。いつもなら軽口を返す小太郎も、口元を引き結んでいる。

寒兵衛が裏口の戸を開けて顔を出し、外の様子をうかがう。

まだ夕暮れには間があるが、秋の日暮れは早くどんよりとした空模様のせいもあって、薄暗い。

なんとなく、茜が消えてしまった日のような天気だった。もしかしたら茜が自分の働きを見守ってくれているのかもしれない、と六助は自分を励ます。

「よし、人が途切れた、今だ」

寒兵衛の合図とともに、三人は外へと飛び出した。

先頭は銀華、続いて小太郎、しんがりを六助が務める。

寒兵衛が言ったとおり、今は人の少ない揚屋町の細い裏道を難なく通り抜け、仲の通りへと出た。

しばらくは各々《おのおの》距離を置き、なんでもない顔をして、急ぎ足でいくつもの茶屋の前を通り過ぎ、やがて大門が視界の先に入ると先頭の銀華から小走りになっていく。

つられたように小太郎も足を速め、その後に六助も続いた。

三人が縦に並んで走り出すと、徐々になにごとかと人々がこちらに注目し始めたのを見計らい、くわっと六助は大きく口を開く。

「やいっ、こら、待ちやがれ！」

前方を走る小太郎に精一杯の大声で怒鳴るが、もちろん立ち止まったりはしない。

小太郎は時折り咳《せ》き込《こ》みながらも、正面を見据え、銀華を追いかけるようにして走っていた。

なんだなんだとあちこちの茶屋の若いものが気がつきだし、足抜けか？　という声も飛び交い始める。

ここが正念場、と六助は、一際声を張り上げた。

「どいつもこいつも寄るんじゃねぇ！　てめぇら、その女の真っ赤な口が見えねぇのか！　病をもらいたくなきゃ、すっこんでろ！」

一緒になって追いかけようとしていた男たちが、ぎくりとしていっせいに足を止めた。

ぜいぜいと息を吐きながら、六助はなおも走る。

顔がわからぬよう、さらには局見世《つぼね》などで働く気の荒い若い衆に見えるよう、片方の目を眼帯で覆っているので実はとても走りにくい。

袖を捲《まく》り上げた腕には、器用な寒兵衛が彫り物をしているように見える花札の絵柄を、拭けば取れる顔料で描いてくれていた。

いよいよ大門までもう少しとなると、必然的に四郎兵衛番所も近づいてくる。これはいよいよ本当に足抜けらしいと気色ばんで監視の男たちがこちらに走ってきたとき、六助は小太郎の腕をむんずとつかんだ。

「いい加減にしねぇか！　大門から先に出られると思ってるのか、このアマ！」

「離しとくれよ！　あの客、前に来たときに一緒になるって約束したんだ！　夫婦になる、地獄から身請けしてくれるってさぁ！」

振り向いて叫ぶ小太郎の姿は、わかっていてもゾッとするような凄みがある。

小太郎は切見世《きり》と呼ばれる長屋で客を取る、最底辺の女郎に扮していたのだ。髪を振り乱し、首に巻いた手拭いを血まみれにし、吊り上がった目の周りばかりが熱があるように赤い。

蒼白な顔に唇が鮮血に彩られている有様は、まるで人を貪《むさぼ》り食らった般若のようだ。

足抜けを阻止するべく取り巻く人々を、小太郎はぎろりと物凄い目つきで睨みつけた。

「捕まえるのはあたしじゃないだろ！　早く、あの客を捕まえとくれな！」

指さす先には銀華の背中があるが、誰もそちらには見向きもしない。

「あいつは約束したんだ、あたしと夫婦になるって言ったんだよお！」

耳をふさぎたくなるような金切り声と同時に、ごぼりと唇から新しい血が噴き出る。

さすがの番所の監視人たちも、げえっと叫んで後ずさった。どんな屈強な猛者だろうと、胸の病に勝てはしない。

六助は喚く小太郎を、後ろから羽交い絞めにする。

そして先を走っていく、上半身に大量の綿を入れて巻き、深編み笠をかぶった小太りの医者のこしらえにした銀華に向かって、必死に叫んだ。

「くたばりたくなきゃ、とっとと行きやがれ！　先のねぇ女郎におためごかしの期待を持たせやがって、ひとでなしが！　てめぇの女房子供に胸の病をうつしたくなきゃ、早く帰れってんだよ！　二度と大門をくぐったら、そんときゃ承知しねぇぞ！」

「離せ、ド畜生！　待って、待っとくれよ、あんたぁ！　女房とは別れるって、あたしと一緒に死ぬって約束したじゃないのさあ！　誰かあいつを捕まえとくれよぉ！」

　凄い形相でもがく小太郎を抱えながら、六助は銀華がよちよちと懸命に走って大門を出、お澄が手配した早籠へ乗るのをしっかりと見届けた。

「待って……ああっ、もう、行っちまった！　……どうしてくれんのさ！　あたしは、あたしは、あの人だけが、最後の心の支えだったのに……」

　早籠が見えなくなると、小太郎はもがくのをやめ、呆然と大門を見つめる。が、六助が手を離してやると、なんとか逃亡させまいとさすまたや棍棒《こんぼう》を持って取り囲む男たちに、べっと赤い唾を吐いて啖呵《たんか》を切った。

「なにさ！　すっこんでろってのよ、このべらぼうども！　それともあたしの客になりたいってのかい。いいよ、だったら羅生門《らしようもん》河岸までついてきな。極楽往生させてやる！」

　冗談じゃねぇ、本当に極楽逝きになっちまう、と男たちは怖気づく。

　それをフンと鼻で笑ってから、尖った肩ががっくり落ちた。

「ああ、ああ、わかったよ。小汚ぇ寝床にこもって、おとなしくおっ死《ち》ねば文句はないんだろ。……他に行くとこなんか、あたしにありゃしないんだから」

暗い声でつぶやいて、小太郎は幽鬼のようにふらふらと大門とは反対方向に歩き出す。集まっていた男たちも、やれやれと身体から力を抜いて引き返し始めた。彼らにしてもできることなら、胸を病んだ女郎に近寄りたくはないだろう。

六助は、ちっ、と舌打ちする。

「ちったあ、あの客から心づけでもふんだくらねぇと俺の気が済まねぇ。まだ船宿辺りにいるかもしれねぇな。いいか、おとなしく戻って寝てろよ！」

小太郎の痩せた背中に怒鳴って、六助は再び銀華を追って走り出した。

その後ろを追ってくるものはいない。小太郎はおそらく裏道に入れば、壁から屋根へと身軽につたって、寒兵衛おやじの蕎麦屋まであっという間に帰るだろう。

しかしまだ、これで終わったわけではなかった。


「よくやったね、六助さん。銀華さんは無事にたどり着いてるわよ」

船宿の裏木戸から顔を出したお澄が囁いて、六助はまだ緊張に引き攣った顔をして周囲をうかがい、急いで中へと入り眼帯を毟《むし》り取った。

足音を忍ばせて屋根裏部屋へと上がると、疲労からかぐったりとして、それでも喜びに顔を輝かせた銀華が、桶の水で手足を洗っている。

四郎兵衛番所の監視人は、手足の白すぎる男など決して見逃さない。

顔料で浅黒くした上に、のりで熊の毛を貼りつけるという念の入れようだったのだが、それでも本来であれば見逃される可能性は低かっただろう。

監視人たちは、なにより女之介を見破ることを得意としていたからだ。

だが、男が女に化けることは想定していなかったに違いない。

小太郎が彼らの視線と注意を一手に引きつけたため、銀華はこうして無事に逃げおおせることができたのだ。

役割が役割であるために、決して美しく化粧したわけではなかったが、さすがにお職を張った花魁の忘れ形見とあって、小太郎の女郎姿は板についていた。たとえ名女形《おやま》であっても、ああまで生々しくは化けられないに違いない。

六助が来たことに気がつくと、銀華は手を洗うのをやめ、急いで手拭いで拭ってから姿勢を正して座りなおし、床に両手をついて深くこちらに頭を下げた。

「おかげさまでなんとか、抜け出すことができました。本当にありがとうございます」

しっかりとした声で言い、薄暗い行灯の明かりの中、明るい太陽のような笑顔を見せる。

化粧っ気のないその顔もきびきびとした口調も、六助のよく知る、というより知ったつもりになっていた銀華とは、やはり何度見ても別人のようだった。

麗しく可憐なことは間違いないが、ごく普通の町娘がそこにいる。

――私の好いていた、いや好いたと錯覚していた銀華さんは、吉原の見せた夢だったのかもしれない。……おそらく銀華という花魁を、この人が一生懸命演じていたのだ。……天女のように思えるわけだ。だって、あれはこの人が作り上げた、実在しない女だったのだから。

六助は自分の愚かな思い込みで、一生かかっても償いきれない罪を犯さずに済み本当によかった、と安堵していた。

「礼には及びません。私の役目は、ほんの一部を手伝っただけです」

複雑な思いを抱える六助に、いいえ、と銀華は顔を上げ、まっすぐにこちらを見据えて言う。

「実は六助さんのお顔を、覚えております。立派な方の袖をあのように煙管で引くなど、恥ずかしいことをいたしました」

すっかり忘れられていたと思っていた六助は、羞恥と驚きでうろたえた。

「あっ、いえ、そんな、私はああした場に不慣れで、浮いていたと思いますから」

「でも、あのころはまだ私も不慣れで、心の中ではびくびくとしておりました。だからこそ、真面目で廓遊びなど縁のなさそうな様子の六助さんに、ついお声をかけてしまったのです。からかうような真似をして、申し訳ありませんでした」

「……銀華さん」

もう一度きっちりと頭を下げた銀華に、六助の胸はかすかに痛む。

まったく未練がないと言ったら嘘になるが、こうして話していればいるほど、想像の中のなにを考えているかわからない謎めいた銀華と当人は、まったく異なっていた。

そのため今は、必死の思いで救ったこの善女が、安全な場所で幸せになって欲しいと素直に思える。

「いいんですよ、そんな。頭を上げてください。それに今度のことは私だけの力ではないですし」

「もちろん、こちらのみなさん、全員に感謝しております。このご恩は、一生忘れません」

「まだ安心するには少し早いです。全部終わったわけではないですから」

六助の言葉に、さあ急いで支度を、とお澄の声が重なる。

「下の階に利三郎さんが待ってるわ。猪牙の支度もしてあるし、利三郎さんと一緒にこの界隈を離れて、そこで初めて安心してちょうだい」

はい、と素直にうなずいてから、銀華はお澄を見た。

「でも、ひとつお願いがあります。できればもう、銀華とは呼ばないでいただけますか。

「……おりん、です」

「……おりんさん。それが本当の名前なの？」

はい、ともう一度、銀華だった娘はうなずいた。

紅の格子から天女のように笑いかけ、威風堂々と絢爛たる道中で人々の目を奪い、まばゆいばかりに艶やかな大輪の花であった銀華という花魁は、もうどこにもいないのだな、と六助は思う。

けれど茜にもう会わないと告げられたときの、胸に冷たい風が吹き抜けるような寂しさは、そこにはなかった。

大川の土手で、猪牙舟に乗った二人を複雑な、しかし安堵の混じった思いで見送ってから、六助はいつもの着物に着替え、寒兵衛の蕎麦屋に急いだ。

こちらもすっかり普段のなりに戻っている小太郎が、奥の椅子に座ってしきりと懐紙で口元を拭っている。

「やい、小太郎。そんなとこでぺっぺと唾を吐かれちゃ、他のお客の蕎麦が不味《まず》くなっちまうだろうが」

「客たって、耳の遠い爺さんが一人じゃねぇか。ああ、まだ口ン中が気色悪ぃ」

血に見せかけた顔料を口に含んでいたからだろう。

顔料を溶くためのニカワが臭くてかなわないとひとしきり愚痴ってから、隣に座った六助にニヤリと笑いかける。

「しかしなかなかうまかったじゃねぇか、師匠。見直したぜ。あれなら博徒にだってなれるんじゃねぇか」

冷やかされて、六助は苦笑する。

「必死でしたから。今にも舌を嚙みそうでしたよ」

「まあ、銀華のほうはこれで一件落着だ。あとは旦那のほうだが、こっちは俺がどれだけ役に立てるかわからねぇ。足手まといになるだけってこともある。けど」

小太郎は珍しく真面目な顔で、六助を見る。

「師匠は間違いなく役に立つ」

それから小太郎は周囲へ聞こえるのをはばかるかのように、六助の耳にそっと口を寄せた。

「まずは俺が入って、内側から逃げられないよう、旦那に預かってきた悪霊退治の札を窓や戸に貼る。それが終わったら合図を送るから、それから入ってきてくれ」

わかりました、と六助は力強くうなずき、寒兵衛の出してくれた茶をぐっと飲んだ。

やがて二人が店を出たのは、大門が閉まって間もなくのことだった。

「……小太郎さん。くれぐれも気をつけてください。ここは……この見世は」

瑞雲楼の前に佇《たたず》んだ六助は、震えそうになるのを堪えつつ、化け物の巣を睨んで言った。

大門が閉まってもまだあちこちの楼の中では、宴会が行われていた。

周囲の遊郭からは、にぎやかな三味線の響きが渡っている。

しかし六助の耳には、それらは聞こえていないも同然だった。

というのも数珠を外して暗闇でじっとこの遊郭を眺めているうちに、信じられないものが見えてきたからだ。

美しい張り見世の様子がぼやけ、色褪せてくるまでは以前も感じた。

そのときはあの老婆の姿の化け物が出てきたことで、急いで見世を離れてしまったのだが、今はそれよりもはっきりとこの楼の正体が見えてきている。

「な、なんだよ。この見世がどうしたってんだ」

さすがの小太郎も、見世の周囲に漂う強烈な気味の悪さは感じているらしい。

袖を引っ張られてせっつかれ、六助はかすれる声で答える。

「前に見たときは……いえ、おそらくこうしてじっくりと長いこと見ていなければ、私もわからなかったに違いありません。今の私に見えるこの見世は、古い見世の上に棒杭《ぼうくい》と板を組み上げて、隙間に泥やガラクタを詰め込んでいる、鳥か虫の……巨大な巣のようなものです。そして全体が、青くぼうっと光っている。ま、まるで大きな人魂のように」

半ば呆然とつぶやく六助に、小太郎は目を剝いてまじまじと瑞雲楼を見た。

「俺にはやたらごてごてと派手に飾り立てた、趣味の悪い楼にしか見えねぇぞ。まあ……よく目を凝らして見りゃ確かに、ちっとばかり歪んでるみてぇだけど」

「私を信じてください。こんなときにいい加減なことは言いません」

必死に言うと、小太郎は表情を改めてうなずいた。

「旅人が御殿で歓待されたはずが、目が覚めたら野っ原に寝てた、なんて狐に化かされた話はいくらでもあるからな。そうとなったら、中にいる旦那が心配だ」

遊郭には腰の物を持っては入れない。茶屋に預ける決まりになっている。

小太郎は遼天の愛刀を背に担ぎ、行ってくらぁ、と見世に向かって走り出す。

まずは出入口の戸に札を貼り、目につく窓という窓にも貼っていくうちに、ついとその姿は闇に溶けた。

一人吉原の暗闇に取り残された六助は、本音を言えば恐ろしくてたまらなかった。

どこかからこちらを見ている視線を感じるし、通りの先の曲がり角には、青白い人型のものがぼうっと立っているのが見える。

ゆらゆらと揺れるそれは、なんとなくこちらに近づいてくるようにも感じられた。

しかしもうこんな場所にとどまるのは無理だと思うたびに、六助は遼天に言われた言葉を思い出す。

人はいずれみな死ぬのだ。恐れるよりも同様の身になる前に、やるべきことをやらねばならない。

この瑞雲楼で哀れに命を落とす花魁を二度と出すまい、との思いで六助は懸命に黒々とした土に足を踏ん張った。

と、半刻もせぬうちに、チチッと小鳥のさえずりのような声が聞こえる。

見ると二階の窓から、小太郎が手招きし、その窓枠にはしっかりと縄がくくりつけてあった。

六助は無言で走り寄って縄をつかみ、くるくると腰に巻いてから二階の窓へと上っていく。小太郎ならば簡単にやってみせるだろうが、これはなかなか体力のいる大変な作業だった。それだけではない。

こうして直《じか》に瑞雲楼に接してみて、改めて六助は、まがまがしさに震え上がっていた。

というのも、金色に塗られた大きな花とばかり思っていた飾りは、今こうしてみると剝き出しになったシャレコウベであったし、他の意匠も土気色に乾ききった、人の手足だったからである。

柱に巻きついた龍《りゅう》の彫り物と見えていたものも蛇の死骸だし、同じく鳳凰は鶏《とり》の死骸といった有様だ。

六助はかちかちと歯を鳴らしたが、それでもここであきらめようとは思わなかった。

腕から何度も力が抜けそうになったものの、小太郎がぐいぐいと縄を引いてくれたので、どうにか窓までたどり着く。

おそらく恐怖で紙のように白い顔になっているであろう六助が中に入ると、その窓にも小太郎はペタリと細長い札を貼る。

中は布団部屋だったが、今の六助の目にはいずれも綿の飛び出た、ボロくずの山にしか見えなかった。

「どうやら件《くだん》の婆さんは、一階の張り見世のすぐ後ろの部屋にいるようだ。旦那は三階にいるが、紀伊国屋《きのくにや》ばりに大盤振る舞いの宴会をして、誰彼構わず薬を仕込んだ酒を飲ませちまったから、花魁や客たちはみんなぐっすり寝ちまってる」

「ろ、楼主は。この前は、四階の窓から下を見ていましたが」

尋ねると、小太郎は溜め息をついて首を振った。

「ところが、この見世には四階に行く階段がねえんだよ」

「えっ。そ、それでは」

「隠し扉でもあるのか、それとも階段なんか必要としねぇ化け物なのかのどっちかだろうな」

うう、と六助は震えそうになる自分の身体を、両手でぎゅうと抱き締めた。

「しかしともかく、楼主の姿がないのであれば、一階に下りて三人で協力し、化け物を退治するだけでいいではないですか」

六助の言葉に小太郎は腕を組み、溜め息をつく。

「それが、そう簡単にはいかねぇんだ。下でどたばたやってるうちに花魁が……化け物のいいなりになる花魁たちが目を覚ましたら、なにも知らずに高尉《たかいびき》の客たちがどうなるかわからねぇ。それに化け物に薬がどこまで効いてるのかわからねぇから、慎重にしねぇとな」

そうだった、と六助は改めて人間相手ではないのだと肝に銘じる。

「では花魁を先に……その。こ、殺すのですか。でもこちらに来たばかりの花魁であれば、まだ蟻の餌食《えじき》になっていない人もいるのでは」

「だからそこで花魁が実際にはどうなっちまってるのか、師匠に確認してもらうことが必要なんだよ」

「なるほど。私が花魁一人一人をどこまで人なのか、妖《あやかし》と化しているのか見て回ればいいのですね」

そっと二人は布団部屋を出て、まずは遼天のいる三階へと向かうことにした。

小太郎はこの見世の真の恐ろしさがあまりわかっていないだろうが、六助には冷や汗ものだ。

楼内は静まり返り、ところどころに行灯の光が揺らめくものの、それはほんの周りだけを照らすのみでねっとりと闇が深い。

壁というにもお粗末な板には虫が這い回り、廊下はあちこち腐っているのか足元が妙にぐにゃぐにゃするところもある。

ぼうっと燐《りん》が燃えたような青く丸い光がいくつも漂い、人の形の影がゆらりと目の端を通り過ぎていく。

空気はすえた甘い、吐き気のするような匂いに満ち、六助は全身の毛が逆立ちそうなほどの緊張感と嫌悪感に包まれていた。

板の穴に詰められた、なにやら白い塊のようなものは、もしかして人骨ではないのか。さらには時折足元にもぞもぞと絡まるものは、長い髪ではないのか。

冷たい汗で背中をぐっしょりと濡らし、誰もいない風呂場と厠《かわや》の前を通り過ぎ、ぎち、ぎち、と軋んだ音をさせて廊下を奥に進んでいくと、上に続く階段が現れる。

「こ、小太郎さん。くれぐれも慎重に、そっと上がってください」

というのも階段は今にも崩れ落ちそうだし、板もつぎはぎだらけで屋根など落ちてこないのが不思議なくらいだったからだ。

三階に到着するとそこには二部屋しかなく、手前の部屋に遼天がいた。

いつものように胡坐をかいて徳利から酒を飲む姿が、ひどく頼もしく感じられる。

「ご苦労だったたな、六助さん」

明るい声で言うがその傍らには、ぼろぼろの煎餅布団の上に、同じくぼろぼろの緋襦袢をまとった花魁が両の手足を投げ出して眠っていた。

「まずはこの花魁だが、どうだ。この見世では一番の売れっ子らしいが」

遼天に言われ、六助は目を凝らす。

顔立ちは、非常に美しい女だった。乱れた緋襦袢からすんなりと伸びた手足がのぞき、胸元が広く開かれている。

だが、白く艶めかしい素肌のはずが、じっと見つめているうちに六助は思わず両手で口を覆った。悲鳴を上げそうになったのだ。

「この人は……もう、もう駄目です。外側の皮を残しているだけで、人ではない」

それだけどうにか言って、嘔吐《おうと》しそうになるのを堪えるのが精一杯だ。

というのも皮膚の内側に巣食う無数の青い蟻の姿が、身体だけでなく首から顔、額にまで蠢いているのが見て取れたからだ。

よし、と遼天はうなずくと小太郎から刀を受け取り、鞘を払う。

ためらいなく花魁の喉元に切っ先を突きつけるのを見て、六助はぎくりとする。

けれどその結末は、あっけないものだった。

わずかに喉元に刃が滑り込んだと見えた途端、血も流さずに花魁の姿は、バサッと埃の塊が散るように消えてしまったのだ。

「あ……ああ」

思わず跪《ひざまず》いた六助の前には、ぼろぼろの襦袢と、灰のような黒い粉だけが残されている。

「六助さんの目は本当に確かだ。人であればこのような有様になるはずがない。おまけに身体から抜け出た魂の動きもなにもない。動いていたのは中から操られていただけで、おそらくとっくに命は果てていたのだろう」

「でも……もとは普通の、美しい人だったんですよね。可哀そうです」

そう言って手を合わせると、遼天はうなずいた。

「殺された上に妖怪変化に利用され、自分の姿が殺しに利用されたとあってはさぞ無念だろう」

短く念仏を唱えると、遼天はもう振り向かずに部屋を出る。

「急ごう、六助さん。きちんと弔うのはすべてが片づいてからだ」

六助は立ち上がり、もちろんですと小太郎と共に遼天の後を追った。

まずは隣の部屋の襖を開けると、屏風で仕切って二組の男女が寝床についている。男たちはごく普通の町人だったが、花魁はやはりどちらも、中身が完全に蟻になっていた。六助がそう告げると、最初と同様に遼天は花魁に刃を立てる。

次になにも気づかないままぐうぐうと眠った男たちを、遼天の指示で布団にくるむと、一人を小太郎と六助が、もう一人を遼天が担いで階段を下る。

二階には、八畳の部屋が四つあった。

まずは先ほど入ってきた布団部屋に眠ったままの男二人を押し込め、慎重に一番近い部屋の障子を開ける。

部屋の中はやはり屏風でいくつにも区切られていて、そこかしこに男女があられもない姿で眠っていた。

六助は花魁の一人一人をしっかりと見極めて、どうにもならないほどに蟻に侵食された花魁に、遼天が引導を渡す。

この有様ではもしかしたら、蟻に全身を侵食されていない花魁はいないのではないかと六助は思った。

かろうじて中に二人だけ、半分だけしか蟻が巣食っていない花魁がいた。

しかし結局はその二人も遼天が始末せざるをえなかった。というのも、侵食されていたのが心の臓から上だったのだ。

「おそらくは、耳や鼻などから入って頭から侵していくのだろう」

苦虫を噛み潰した表情で遼天は言う。

六助はこの建物の尋常ではない瘴気と、皮膚の下を這う蟻の群れの気持ち悪さに、ずっと吐き気を堪えていた。

小太郎は気の毒そうに花魁に手を合わせていたが、無駄に怪異が見えない分、まだまだ元気いっぱいに見える。

三階の男たちと同様に、またも眠り込んでいる男たちをそれぞれ使っていた布団で巻き、布団部屋に押し込むと、六助は汗を拭って涼しい顔をしている遼天に尋ねた。

「あの。この人たちはどうするんですか。なぜ布団で巻く必要があるんです」

すると横から、小太郎が口を挟んだ。

「なぜって、なるべく怪我しねぇようにっていう、優しい心遣いじゃねぇか」

はい？　と首を傾げると、小太郎は窓を開いた。

「化け物が一番下の出入口にいるんだぜ。いざとなったら、ここから逃がすしかねぇだろうが。当分起きそうもねぇし、まあこの高さならうまいこと落とせば、足を折るくらいで済むだろ」

「えっ。つ、突き落とすんですか？」

「巻き込まれておっ死ぬより、なんぼかましだと思うけどな」

「まあ、金槌坊をうまいこと退治できれば、そこまで乱暴なことをせずに済むのだが、なにが起こるかわからないからな」

それを聞いて納得した六助は、もし落とす場合はくれぐれも頭からではなく足からにせねばと考えながら、遼天たちの後について座敷に戻る。

「さて、これで三階と二階は片づいたんだろ。とっとと下に行って大将をやっちまおうぜ」

威勢よく小太郎がそう言って廊下に出ようとしたそのとき、遼天が待て、と腕を引いた。

六助もハッとなって、身体を固くする。

ぴたりと動きを止めた三人の耳に、ぎち、ぎち、という音が階段のほうから聞こえてきたからだ。

遼天は無言で二人を後ろにやり、自分は刀を構え、廊下に続く障子の前に立ちはだかる。

ぎち、ぎち、という足音が近づくにつれ、月明かりを背に、障子の端に影が見えた。

異様に前に突き出た顎。紡錘形《ぼうすいがた》の奇妙な尻。

三人が息を殺して身構えたそのとき。

バーン！　とけたたましい音を立てていきなり障子が破壊され、突き破られた。

わあっと転げるようにして部屋の隅に逃げた六助の目に映ったもの。

それは血走った大きな目をぎょろつかせガチガチと大きな顎を打ち鳴らし、巨大な金槌を振り回す、老婆と蟻の姿を併せ持つ異様な化け物だった。

かつて楼の前で見破った正体と同じだったが、近距離で見るとさらにそのおぞましさは凄まじい。

「わしの妓楼で。わしの大事な巣で、おのれらはなにをしている」

しわがれた声は、かろうじて聞き取れるものの、人の声とは思えない。

手足は薄墨をかぶったように黒く、枯れ枝のように細長く、下腹部が蟻そのもののように膨らんでいる。膨張した頭部もだが、なまじ皮膚は皺と染みの浮いた老婆そのものの生々しさがある分、余計に不気味さを感じさせた。

鬼婆のように乱れた白髪の間からは、黒い触角と思《おぼ》しきものが確かに見える。

「小太郎、六助さんを！」

言いながら立ち向かう遼天の言葉に従い、小太郎は六助の手を取って廊下へ半ば放り出すようにして逃がす。

「師匠は布団部屋に行って、さっきの場所から男どもを落とせ。それでついでに、てめぇも逃げろ！」

小太郎が言う間にも、ドカン、ドカンと金槌を振り下ろしているらしき凄まじい破壊音が、六助を飛び上がらせた。

「で、でも、私一人が逃げるなんて。そっ、それに、私だけの力では男たちを窓まで持ち上げられません！」

そう叫ぶと小太郎は、小さく舌打ちをして駆け戻り、六助の手を引いて布団部屋へと飛び込んだ。

まずは素早く部屋に積んであった布団を下に投げ捨て、次いでその上に、男たちの頭と足をそれぞれが持ち、窓から下の屋根に転がすようにして落としていく。

その間にも、ドーン、バキバキというけたたましい音が、ひっきりなしに響いて楼全体を揺るがしていた。

汗みずくで息を切らしながら、ようやく全員を下に落とすと、小太郎はもう一度六助に叫ぶ。

「師匠にできることはこれで仕舞いだ。早く逃げろ！」

言い捨てて廊下を走る小太郎を、六助は震えながら見た。

「わ、私だって男だ。なにかできることがきっとあるはず」

ガクガクと震える足で、思いきって近くの襖を開くが、そこには誰もいなかった。

そこで奥の襖をもう一度、清水《きよみず》の舞台から飛び下りる決意で開ける。

すると今度はぼろきれと、明らかにすっかり腐った生き物が詰め込まれた納戸になっていて、思わず悲鳴を上げそうになってしまう。

自分の間抜けさ加減に呆れていると、バン！　と北側の襖が勢いよく開く。

「六助さん！　なぜそこにいる！」

驚いたように言う遼天の横すれすれに、十歳ほどの子供くらいの大きさがある巨大な金槌が振り下ろされた。

もろい畳はめきめきとひしゃげ、再び金槌が持ち上げられる前に遼天は刀を閃《ひらめ》かせる。

しかし化け物の機敏さは凄まじく、軽々と金槌を再び振り上げては、ぶんぶんと振り回し、周囲の柱といわず壁といわず叩き壊していく。

ひいっ、と六助は息を飲み、転げるようにして遼天の背後へと退避した。

遼天の剣の腕は相当なものだが、屋内では鴨居《かもい》や天井が邪魔をする。

迂闊に柱にでも刃を食い込ませたら、そこで動きが取れなくなってしまう。

叩き下ろされる金槌を避けながら斬ろうとなんとか隙を狙《ねら》っているが、暗い上にこう狭いと至難の業に違いない。

瑞雲楼はいいように叩き壊され、この見世そのものがギシギシと悲鳴を上げ始めたのを六助は聞いた。

といって今ここで仕留めなくては、たとえ見世が潰れても、同じ悲劇がどこかで必ず繰り返されるだろう。

ガッ、と金槌を遼天の刃が受け止めると、座敷の中で火花が散った。

ぎりぎりと力比べのようにして、両者はどちらも一歩も引かぬと見えたが、どうやら遼天の力が勝っていたらしい。

ぐるりと手首をひねった遼天は、金槌に加えられる力を脇へと逃がした。

けれど、次に刀を構えるころには、金槌坊もまた金槌を振り上げてくる。

がつり、がつり、と同じ対峙《たいじ》を繰り返し見るうちに、このままでは駄目だ、と冷や汗でびっしょりと濡れながら、六助は思った。

いかに腕が勝っていようとも、人間の遼天には体力の限界というものが訪れるだろうが、化け物にはそれがないに違いない。

遼天もそれは悟っているらしく、表情が険しくなっていく。と、遼天はぎりぎりのところで金槌の打撃をかわすと同時に、飛び退《とすさ》って南側の襖に走った。

逃げるのか、けれど次の打撃が来るまでに襖を開けるのは間に合わない、と六助だけでなく、おそらく金槌坊も思った瞬間。

遼天の刀の切っ先が、くるりと襖に向かって円を描いた。

「くらえ!」

丸く切り開かれた襖から、小太郎が矢のように飛び出してくる。その手には、先ほど窓や柱に貼っていた、護符があった。

その札を小太郎は金槌坊の、巨大な目の部分に叩きつけるようにして貼りつける。

「おおおお!」

途端にじゅうじゅうといやな音と匂いがして、金槌坊は顔を押さえた。その手から金槌が落ち、遼天の刀が再び翻る。

「――――！」

瞬きする間もなく、金槌坊は一刀両断された。悲鳴すら上げられずに、その老婆の皮をまとった身体は、ばさりと灰になって崩れ落ちてしまう。

「あ……はあぁ……」

全身の息を吐き出すように、六助は安堵の溜め息をつく。そうして、へなへなと畳に腰を下ろしそうになったのだが。

――なんだろう。まだ足がぞわぞわっとする。

猛烈にいやな予感に襲われて、六助は改めて気を引き締めた。

「六助さん。まだなにか感じるだろう」

遼天も鋭い視線を周囲に向けながら、警戒する姿勢を解いていない。

「は、はい。……どうも、この妙な感じは上からのようです」

かすれた声で言うと、遼天はうなずいた。

「楼主の千三だろう。だが、先ほど三階から四階へと上る階段が見当たらなかった。とはいえ」

遼天は一度刀を鞘へ収め、ゆっくりと擦り切れた畳の上を歩き出す。

「千三が化け物でも、亡霊でないのなら身体はあるはず。どこからか上へ行く梯子なり、方法があるはずだ」

「面倒臭えな。とっとと仕掛けてきやがれば、話は早いのに」

気が短いのと、気が立っているのとで、吐き出すように小太郎が言うのに、遼天も考え考え言う。

「……そのとおりだ。あちらもまた、面倒臭いのかもしれぬ」

「ああ? どういうことだよ旦那」

「つまり、別段この楼がなくなっても、仲間であった金槌坊が殺されても、千三はなにも困らぬのではないか。そもそも、仲間などという感覚があるかも怪しい。であれば、わざわざ危険に首を突っ込むよりも、巣にこもってやりすごそうと思っていてもおかしくはないぞ」

遼天は言いながら部屋を出て、上下左右に目を配りながら廊下を歩き出す。

六助も、自分にしか見えない通路があるかもしれないと、その後ろについていった。

四階へと通じる階段は、探してみれば思っていたより難なく見つかった。

三階の壁を調べるうちにかかっていた掛け軸をずらしてみると、その奥に細い急な階段があったのだ。

だが、その扉を開いた瞬間、六助は足が竦んでしまった。

真っ暗な階段の上のほうから、ひどく冷たい、霊気とも瘴気ともいえぬ風が吹きつけてくるように思えたからだ。

目当ての化け物は上にいる、と確信した足取りで、ためらいなく遼天はその階段を上り始めた。

止めることもできず、足も進まない六助に、小太郎は出会ってから初めてというほどに、優しい声をかけてきた。

「なあ、頼むから六助さんはここから下へ行ってくれねえか。それで、庭に落としてのびてる客たちの様子を見てくれ」

「えっ。で、でも、私にもできることがあるかもしれませんし」

なんとか恐怖を堪えて言ったが、小太郎は首を振る。

「ここまでで、もう充分に六助さんは役に立ってくれた。さっきも危なかったし、俺も旦那も六助さんを庇う余裕はねえと思う」

はっきりと言われて、六助はしゅんとなった。だが、事実なので言い返せない。

と、俯いた六助の肩を、小太郎の手がバン、と叩くようにしてつかむ。

「そう萎《しお》れるんじゃねえよ。今ここに寒兵衛さんやお澄さんがいても、俺も旦那も同じことを言うぜ。人にはそれぞれ、役割ってもんがあるってだけだ。……もちろん、俺も手が出せねえとなったら、全部旦那に任せてすぐにずらかる。男は、引き際ってもんが大事なんだ」

そう言うと、ニッと歯を見せ、小太郎は遼天の後を追い、ほとんど足音もさせずに俊敏に階段を駆け上っていった。

——そ、そうだよな。足手まといになってしまったら、二人の迷惑になるだけだ。私など、化け物相手になにもできないのだし。自分にできること、やるべきことをしなくては。

六助はそう思い、階下へと続く階段のほうへ数歩歩いた。しかし。

ドーン！ というけたたましい音が上階から聞こえ、窓の外にパラパラと砂埃が落ちてくるのが見えた。天井もみしみしと軋み始め、土埃が舞う。

「遼天さん！ 小太郎さん！」

思わず叫び、六助は再び掛け軸のかかっていた場所へと駆け戻る。

そこにぽっかりと、地獄へ続く回廊のように開いた真っ暗な階段を前に、六助は歯を食いしばった。

恐ろしかった。魑魅魍魎への恐怖だけでなく、この階段を上ったら、二度と生きては戻れぬのではないかと思えて、身体も顔も強張ってしまう。けれど。

——やはり行こう。遼天さんも少しはわかるとはいえ、妖しいものが一番よく見えているのは私だ。手足の働きは二人に劣っても、目は違う。

六助が一段目に足をかけた階段が、ぎしっ、と鳴った。

これまで味わった恐怖の中でも、今のこの感覚は最悪に近い。けれど。

生まれて初めて、自分を気味悪がらずに親しくしてくれる人たちと出会ったのだ。

ここで逃げ出して万が一、二人が命を落としてしまったら、彼らを見捨てたという後悔と罪悪感に苦しみながら、ただ命の炎が燃え尽きるのを待つだけの日々が始まるに違いない。

無駄死にはいやだが、無駄な人生もまっぴらだ。

どこかで見守ってくれているかもしれない茜に、意気地なしと思われるのもいやだ。

六助はびっしょりと冷たい汗をかきながら、上るにつれて息が詰まりそうな緊張を覚えながら、なんとか四階へとたどり着いたのだが。

「うわああ！」

そこに広がった光景に、六助は悲鳴を上げる。

四階は二十畳ほどの一間だけだったのだが、その半分の空間は、人間の遺体と白骨で埋め尽くされていた。

餌場、という言葉が、ふっと頭に浮かんだ。そしてその足元にかなりの量の、真新しい血痕を認めてゾッとする。

「遼天さんは……！　小太郎さんは！」

まさかもう食われてしまったのか、と絶望的になった六助の耳に、脳天に響くような金属音が聞こえてきた。

次いで、凄い勢いで瓦《かわら》の上を走る足音がする。血痕は、窓のほうへと続いていた。

遼天さん！と叫びながら赤く染まった窓枠から身を乗り出した六助は、屋根づたいに隣の遊郭の屋根、そこからまた他の屋根へと飛ぶように疾走する、遼天とおそらく千三らしき姿を見た。

遼天は愛刀を、千三のほうはなにやら細い棒のようなものを持って対峙している。

室内の血痕が千三のものであって欲しいと願いつつ、三階の屋根に下り立った六助だったが、隣の楼の屋根で足を止めて火花を散らす二人をじっと見るうちに、顔から血の気が引いていった。

遼天は額を切られたのか、顔半分が血に濡れていたのだ。

小太郎は、と見回すが姿はない。すぐにずらかる、と言っていたから、逃げたのだろうかと身を乗り出して下を見た六助だったが、即座に違うと顔を上げた。

口ではあんなふうに言ってはいても、本当に小太郎が一人で逃げ出したりするはずがない。

もしや、と思い至った六助は、必死になって屋根へと上り始めた。普通の造りの遊郭であればとても上れなかったかもしれないが、あちこちに突き出した瓦礫《がれき》や戸板に足をかけると、崩れそうではあるがどうにか身体は持ち上げられる。

と、屋根にかけた手を、ぐいといきなりつかむものがあった。

「なんだって来やがったんだ、おっ死んじまっても知らねえぞ！」

珍しくぜいぜいと息を切らして引き上げてくれた小太郎に、やはりここにいたのかと安堵する六助だったが、その姿にハッとする。

「こ、小太郎さん、大丈夫ですかっ」

その足元には、血の溜まりができていた。左足を怪我したらしく、その部分を押さえている左手も血に濡れている。

小太郎は険しい表情で油断なく、じっと遼天と千三の戦いを目で追っていた。

「どうってことねえよ。あの亡八の野郎、細い鉄の棒を振るってやがるんだが。どうにも厄介な代物だ。さっきのでかい金槌のほうが、まだましってもんだぜ」

「そ、その武器で小太郎さんもやられたのですか」

「ああ、しくじっちまった。あんな妙なもん、見たことねえ」

言われて六助も、額の汗を拭いつつ千三を注視する。

遼天の刀と何度も激しく打ち合わされるそれは、ちょうど棒手振りの商いに使う天秤棒《てんびんぼう》ほどの長さと太さがあった。

鈍く灰色に月に光るその先端は鋭く尖り、真ん中から上のほうにかけて、棘《とげ》のような尖ったコブがたくさんついている。小太郎の足は、あれで切り裂かれたのかもしれない。

千三はその得物を槍《やり》のように突き出したり回したり、刀のように振るったりと、自在に使いこなしていた。

シュッ、とその棍棒が遼天の頰をかすめると、バッと新たな血がしぶく。遼天はそのまま突っ込んで身を翻して体勢を立て直すと、また二人して横に走った。

千三は振り乱した灰色の髪から角をのぞかせ、ニッと嗤ったその口からは、確かに牙らしいものが見えている。まったく息を切らしていないその様子は、人間のような疲れなどというものを、まったく感じていないらしかった。

千三が走り、飛び上がると、黒い着物の裾が乱れて赤い裏地が、炭にくすぶる炎のように見える。

なすすべもなく両の拳をきつく握って見守る六助だったが、小太郎はじりじりと屋根の上を移動し、遼天たちのほうに近寄りつつ身体を低くした。

ガツン！　と音がして、千三の振り下ろした棍棒が、遼天の足元の瓦を粉砕する。

それを飛んで避けざまに、遼天の刀が一閃《いっせん》した。

さあっと夜風に灰色の、切り取られた千三の髪が散って、闇に溶けるように消える。

この異様な気配に気がついたのか、ウオーン、と野良犬が月に吠えたそのとき、銀色の光が闇を切り裂いた。

「ぐうっ！」

ドスッ、と千三の喉に突き刺さったのは、小太郎が投げた刀子《とうす》だった。

首に巻かれていたさらしがばらりと解け、千三は驚いたように自分の喉を、次に小太郎を見る。

「どうだ化け物、仕留めたぜ！」

してやったりと嬉しそうな声を上げた小太郎だったが、六助の全身は、危険と恐怖の予感に総毛立っていた。遼天も、それと察したらしい。

「逃げろ、二人とも！」

遼天が叫んだと同時に、物凄い勢いで千三は小太郎に向かって突進してきた。喉に刀子を突き立てられたというのに、なんの損傷も与えられなかったらしい。

遼天も千三を追ってくるが、おそらく間に合わない。いつもであれば猫より俊敏な小太郎だが、足を怪我している。

――どうすればいい。私は。なにか、なにかしなくては！

焦りながら無意識に袂を探った六助の手に、冷たく硬いものが触れる。物心ついて以来の長きにわたり、臆病で小心者で自己卑下ばかりしていたはずの六助の身体は、自分でも思ってもみない動きをした。

鬼の本性を剝き出しに小太郎に襲いかかってきた千三の前に、その身を盾に立ちはだかったのだ。

「六助さん！」

　驚いた遼天の叫び声がした、刹那。バシーンと激しい音がして、六助は数珠で千三の振り下ろした棍棒を受け止めていた。

数珠は青白い光を放ち、千三も驚いたように不気味な珊瑚色の眼《め》を見開いている。

すると突然その首が、いきなりゴロリと落ちた。悲鳴すら上げることもなく、千三の頭だけが横に飛び、屋根の上にどすんと転がる。

だが千三の身体は、まだ動いた。棍棒を構えたまま飛び退《すさ》り、じりじりと間合いを詰めてくる。

驚愕している小太郎を庇う姿勢のまま、これはいったいどういう事態だと声も出せずにいる六助の前に、今度は追ってきた遼天が、二人を守る壁のように立つ。

「こりゃあいったい、どうなってんだ……」

さすがの小太郎も怪異を目の当たりにし、その声には恐怖が混じっていた。けれど遼天の声は、落ち着き払っている。

「わからん。が、この隙に……なんとか今のうちに小太郎を連れ、逃げてもらえぬか、六助さん」

「わ、私にはそんな器用なことは」

うろたえていると、ふいにゲラゲラと爆笑する声が聞こえ、六助は喉から心臓が出そうなほどに驚いてしまった。

声は明らかに、転がった首からしていたのだ。

「おかしいおかしい。……俺は、ただ、腐肉を喰《く》らって、安穏とできる棲み処があれば、それでよかったのだ。それをわざわざ、餌になろうと、入り込んだうぬらは、蜘蛛《くも》の巣にかかった、ネズミよりも愚かだな」

管から空気が抜けるような、かろうじて聞き取れる不気味な声だった。なまじ顔立ちが整っているだけに、それは一層凄惨で、不気味な生首に見える。

遼天は正眼に構えつつ、慎重に言った。

「お前が成仏を望むならば、金槌坊ともども、弔ってやってもよい。ここで塵《ちり》と消えたいならば、刀を交えるのも致し方ないが」

またも生首はぐらぐらと揺れながら、笑い転げた。

「浪人崩れの、八卦見ごときが、俺によく言う。あの蟻の化け物は、いかに化けてももとは虫。消えては生まれる、有象無象。古《いにしえ》からの長きを生きる、鬼神の俺と同じに語られては、たまらんたまらん」

「なぜだ。仮の姿とはいえ、夫婦であったものではないか」

「冗談ではない。冗談ではないぞ」

瓦の上の首は、もはや飛び跳ねる勢いだ。

「あやつは、女子《おなご》の精を喰らう。俺は、女子に引き寄せられた男の肉を喰らう。共におれば、飯が食いやすい。それだけの話だ。姿が人であれば、人と同じに思うのか、なんと愚かな、なんとバカバカしい。……この有様を見て、まだわからぬか。うぬが俺を切り刻んでも、なんの痛みも俺にはない」

そこで六助は、妙なことに気がついた。千三の首は、まるで刀で斬られたようにすっぱりと切断されている。

遼天が斬ったわけではない。小太郎の刀子も刺さっただけだ。ということは、もともとこの首は、斬られていたのではないかと思い至ったのだ。

「なにを、じろじろ見ている。出来損ない」

自分のことだとギクリとした六助に、首は続けた。

「うぬからは、半分同じ匂いがするぞ。俺と同じ、化け物の匂いだ。……同類のよしみで、教えてやろう」

言うや否や、首がふわりと浮き上がり、六助は悲鳴を上げそうになった口元を必死に両手で押さえる。

千三は灰色の髪をつかんで生首を右手で持ち、ぶらぶらと揺すった。

「この首は、この地で心中したものの片割れだ。頭は女、胴は男。俺のおかげで、好いたもの同士、ひとつになれた。ちょうど転がっておったので、拝借したのだ。どうだ、俺のほうが人間などより、よほど優しく、慈愛に満ちているだろう」

六助はほとんど呆然として、その話を聞いていた。背後でこうした怪異にまったく免疫がなかったであろう小太郎が、げえげえと激しくえずいている。

つまり、と千三はひょいと頭を首に乗せ、ふっくらと少女のように可憐な唇で、ニイッと笑った。

「俺は、このままいつまでも、何年でもうぬらと遊べる。この身体が朽ちても、次の身体を探すまで」

六助は震えながら、遼天を見た。疲れだけでなく、出血も痛みもひどいはずだ。このまま戦っていたら、そう何刻も持たずに打ち負かされてしまうのではないか。

こちらの心が折れそうになったのを見計らったかのように、千三は棍棒を持ちなおし、瓦を蹴って向かってきた。

横から水平に飛んできた棍棒を、遼天の刀が跳ね返す。が、すぐにまた上から横から、疲れを知らない怪力が棍棒を振るってくる。

「うっ!」

ぎりぎりに避け損ねた遼天の手首を、棍棒の棘が切り裂く。血しぶきを上げても、まだ刀を構える遼天だったが、その手が血で滑った。

「遼天さん！」

小太郎のときと同様、遼天の前に、またも六助は身を投げ出した。けれど今度は数珠を盾にするには位置が悪いし、その暇もない。他にどうするすべもなかったのだ。

身体を投げ出した六助は、脳天に撃ち落とされる棍棒の衝撃を、死ぬ覚悟をしながら待つ。

が、それはいつまでたっても訪れなかった。

恐る恐る薄く開いた目に映ったのは、棍棒を握った千三の腕に、なにか白いものが後ろからするりと絡みつく様子だった。

「ああ……！」

六助はそれが白い、華奢な女の腕だとわかった途端、なにが起こったのかを悟る。

「あたしのお師匠さんに、指一本触れさせやしない！」

千三の背中にしがみついて動きを止めたのは、茜だった。

「なんだこの、この小娘は。なぜだ、なぜ俺の力を封じられる」

驚くというより、千三はとまどった様子でもがく。

なにかが起こったのは察したようだが、それでも茜の姿までは見えていないらしい遼天が、今だとばかりに赤錆刀を構えなおした。

「斬ったら駄目です！」

六助の叫びに、遼天は困惑した目を向ける。

「なぜだ。今ならば間違いなく仕留められる！」

「私には見えるんです。その化け物の動きを、背後から茜さんが封じてくれている。だから斬らないで！」

ほう、と千三が、面白そうにうずいた。

「出来損ないと乳繰り合う、出来損ないの亡霊か。なるほど、血肉あるものよりも、執念や執着のほうが、俺を縛れるのは道理。なにせこの身体は、空っぽだからな」

愉快そうに千三は言うが、その手足は必死に茜を振りほどこうと動く。

「茜ってのは、そうと知らずにお近づきになっちまったっていうあの幽霊かよ」

早口で問う小太郎に、六助は焦りながらうなずいた。そこに鋭い叱責が飛ぶ。

「なにやってんのよ、お師匠さん！　早いとこあたしごと斬っちまってくれと、うら屋さんに言って！　あたしだって、そう長くはこいつを捕まえていられない。第一、気味が悪いったらありゃしないよ！」

「なに言ってるんですか！　茜さんごとなんて冗談じゃない！」

必死の形相の六助に、こんなときだというのに茜は笑った。

「どうかしてるわ、六助さん。あたしは幽霊なのよ。斬られたって死にゃしないわ」

「この。とうに腐り果てた小娘が、いい加減に離せ。うぬは人を恨んで、朽ちたのだろうが！」

言いながら千三は、珊瑚のようにきらめく瞳をこちらに向け、優しいといっていい声で言う。

「言っておくが、俺は人を、好いておるぞ。愚かで、醜く、あさはかで脆《もろ》く、心の底から好ましい。この小娘のように、恨んだりはしておらん。好いておるからこそ、喰らうのだ」

「なに言ってんのよ、食い意地が張ってるだけじゃないのさ！」

茜は鬼を相手にしてさえ、威勢よく啖呵を切った。

「六助さん、頼む、斬らせてくれ。ここで逃がしたらもとの木阿弥だし、こちらの身も危ない！」

さすがに焦《じ》れたように、遼天が言う。確かにこれでは埒が明かない。茜もじきに屈強な化け物を押さえておくことができなくなるだろう。

――茜さんが斬られても死にはしないとわかってる。でもなぜだろう。遼天さんに……人には任せておきたくない。

「遼天さん！」

六助は精一杯の声で言った。

「私にその刀を貸してください！　どうか私に斬らせてください！」

遼天の判断は早かった。うなずくと同時に、赤鰯を手に握らせてくれる。

――武士の魂を、貸してくださいの一言で預けてくれた。これまで私がこんなに信じ、私を信じてくれた人たちがいただろうか。

本音を言えば恐ろしくてたまらない。逃げ出したいし、赤ん坊のように泣き喚いてしまいたい。

けれど家族のために苦界に生きる花魁たちとて、辛く恐ろしい日々を送っていながら、決して客の前で弱音を吐いたり泣いたりはしない。喉から手が出るほどに欲しい金子を山と積まれても、気に食わない客であれば袖にする。

武士が体面を重んじるように、花魁には張りと矜持があった。

そして武士でも花魁でもないが、今の六助には男としての意地がある。

「やあっ！」

叫んで踏み出し、上段から真下に、一息に斬り下げる。

「――――ッ！」

肩口から胴体を真っ二つにした千三は、さすがに苦悶の表情を浮かべた。

しかしまだ、生きている。こちらをじっと、なんともいえぬ桃色の目で眺めながら、不気味なまでに愛らしい唇を開いた。

「……うむ。これは迂闊だった。この刀傷は、これは、いかん」

千三は困惑したように、斬り下げられた自分の身体を、撫でるように手で探る。小太郎の刀子が刺さったときとは、明らかに様子が違っていた。

「出来損ないの、小僧。うぬがこれを振るうとは、皮肉なことだ。しかしな、八卦見」

ぎろりと桃色の眼が、遼天に向けられる、

「……なるほど、確かにこの身体は、使いにくくなった。だが、それだけだ。……この地に軀《からだ》は、いくらでもある。喰らう餌も、おびき寄せる疑似餌《ぎじえ》も、尽きることがない。人の欲と愚かさのある限り、俺は、何度でもこの地で、うぬらと会うだろう……」

六助は千三と変わらぬほど蒼白になって、刀をぎこちなく構えたまま、その言葉を聞いていた。

と、いきなり火の中の栗《くり》が弾《はじ》けたように、千三の頭だけが、考えられぬほどの高さに飛び上がった。

断ち切られた身体はどさりと屋根に倒れ伏し、それきり動かない。首から上だけが遊郭の屋根から屋根へと蚤《のみ》のように跳ね、やがて見えなくなってしまった。

息を詰めそれを目で追うしかなかった三人だが、ややあって刀を鞘へと戻し、ぼそりと遼天が言う。

「どうやら、当面の危機は去ったらしい。……よくやった、六助さん」

「やったじゃねえか、師匠。しかしあの生首の野郎、戻ってこねえだろうな」

遼天と小太郎の声と表情には安堵が感じられ、同じくホッとして顔を上げた六助の目に、信じられない光景があった。

「茜さん……？」

そこには青白い人の姿から、金色の光を放つ人とも幻ともつかない状態になって立ち尽くした茜が、安らかともいえる顔でこちらを見ていたのだ。

「……さすがあたしのお師匠さんだわ。惚れなおしちまった」

六助は、愕然として茜を見る。

その身体は千三もろとも、肩口から縦にすっぱりと斬られていたのだ。

切り口からは金色の粒が噴出して、まばゆいばかりに茜を飾っていた。

「嘘を……ついたんですか。自分は斬られても平気だって。そう言ったじゃないですか！」

本当よ、と茜は笑顔で答え、遼天のほうを見る。

おお、と滅多にものに動じない遼天が、感嘆するような声を上げた。

どうやら、今の状態の茜のことは見えているらしい。小太郎も呆然として、茜のことを見守っている。

「うら屋さん。亡霊を斬れるなんて、あんたの刀は凄いのね。これであたし、成仏できるのかしら」

うむ、と遼天は力強くうなずいた。

「さぞ一人きりで迷われて、寂しかったことだろう」

「そうなのよ。だから、六助さん。あんたは悲しむ必要なんてちっともないの。それにね」

想いを言葉にできず、わなわなと震えながら立ち竦む六助に、茜は優しい声で言う。

「あたしは、斬られたから消えるんじゃない。六助さんのおかげで、満足しちまったの。心残りがなんにもなくなっちまった。だからこれであの世に行ける。本当に嬉しいのよ」

「なにを言っているんです、茜さん」

六助はうろたえる。もしかしたら茜の姿を、二度と見かけることさえできなくなってしまうと感じたのだ。

「いったいなにを満足したというんです。縁日にも散歩にも、行っていないじゃないですか！」

そうね、と笑う茜の足先が、だんだんと空気に溶けるように消えていく。

「でも、あたしはそういうことをするっていうより……してくれる相手が欲しかったの。そして、いざそういう人が見つかったら……あたしの傍にいて障りがあるより、離れて幸せになって欲しいと思うようになったのよ」

はあ、と茜はうっとりしたような顔で、溜め息をついた。

「本当にもう充分、満足よ。こうして最後には、大事な人の命を守れた。こんな凄いこと……こんな嬉しいこと、他にないわ」

「あ……茜さん……」

自分に向けられていた想いが、からかいなどではなく真心からのものだったと悟り、六助はさらに衝撃を受けていた。

自分は一瞬とはいえ銀華が別の男のものになるよりは、いっそ化け物の手に渡ってしまったほうが、とまで考えた人間だ。

一人ぼっちで、何年もこの世をさまよってまで求めていた茜の願いはもっと心の清い、強く男らしい相手が叶えるべきではないか。

「誰か他に、茜さんに相応《ふさわ》しい男がいくらでもいるはずです！　その人に出会うまでは、どうかここにいてください。寂しいならそれまでは、私がお供しますから。そ、そうだ、せめていろはを全部書けるまで。どうか私に教えさせてください、お願いします」

けれど茜の表情には、すでに心を決めたものの静けさがあった。

「あたしは、六助って名前を聞いたときに、ああ、九郎助稲荷さんが望みを叶えてくれようとしているんだなって、わかったの。この人が待っていた人だったんだって。だって、六助と九郎助、似てるじゃないの」

六助は、茜に名乗ったとき芝居の助六を連想されて、バカにされたとばかり思っていたのだが、それがまったくの勘違いだったことに初めて気がついた。

「それに、いろは全部なんて、あたしのおつむじゃ無理。おばあさんになっちまうわ」

ふふ、と年を取らない亡霊は悪戯《いたずら》っぽく笑う。

「でもそう言ってくれて、嬉しい。この町じゃ、あたしに股を開くこと以外、教えようとする男はいなかったもの」

「こ、これからは違いますよ」

「バカね。あたしにこれからなんてないのよ。本当に、変な人よね、六助さんは」

でもそこがいいのよ、と悲しそうな笑顔で言う茜の声は、だんだんと聞き取りにくくなっていく。同時にその身体は端から、金色の光の粒が散るように溶け出していた。

「茜さん……」

咄嗟に差し伸べた手に、茜がそっと手を重ねてくるが、指先が肌に触れる感触はない。

「ああ……永《なが》かった。ふらふら、ふらふら、昼も夜も当てもなくこの町をさまよって、身も心も冷えきって疲れ果てて……それをあんたが、上等の絹の布団みたいに、ぬくぬくと包んで温めてくれたのよ。あたし、これでゆっくり眠れるんだわ……」

茜はうっとりとした表情で目を閉じる。その身体は湯につけた金華糖のように空気へ溶けていき、いくら六助が腕や肩をつかんで引き止めようとしても、どうにもならない。

「待ってください、茜さん！　目を開いて！　せめて縁日を一緒に」

必死に叫ぶが、もうその声は茜に届いていないようだった。

茜は薄く瞼を開き、美しい笑みを見せる。

「六助さん。あたしの分も、いい人を見つけて、うんとうんと幸せになってね……」

静かな声が途切れると同時に、火花が散ったかのように、茜の形を作っていた光の粒がすべて拡散した。

「……あ……」

シン、と妓楼は静まり返り、すべてが終わったのだと三人に知らせる。

「お、おい。こいつは……この屋敷はいったい、どうなってるんだ。板とガラクタと、棒切れと……干からびた仏さんの山じゃねぇか」

沈黙を破ってつぶやいた小太郎は、懸命に首を捩《よじ》って周囲を見回した。

おそらく金槌坊も鬼征魂もいなくなったために、見るものを惑わせていた妖術の効果が切れたのかもしれない。

やがて、今もまだ茜の消えた空中を見つめていた六助の足に、ずずずとかすかな振動が伝わってくる。

ハッとしたように、遼天が顔を下へ向けた。

「急いで引き上げるぞ！　ここは間もなく崩れる！」

咄嗟にどう動いていいかわからぬ六助の首根っこをつかみ、同時に小太郎を脇に抱えると、遼天は素早く階下の屋根に飛び下り、そこから隣の楼の屋根へと、まるでカラス天狗のように飛び移る。

生きた心地がせぬ状態だったが、六助もなんとか無事に着地した、刹那。

めきめきめきと大きな音を立てながら、瑞雲楼はまるで蠟燭でできてでもいたかのように、一階からぐすぐずと溶けるように崩れていった。

「ああ……なんてことだろう。あっという間に壊れていく」

「まるで、でかい骸骨が崩れるみてぇだな……」

「庭に下ろした客たちは、大丈夫でしょうか」

「どうだろうな。建物が倒れ込んだのは反対側みてえだから……せいぜい頭にたんこぶこさえるくらいで、済んでるといいけどな」

思わず見入ってしまった二人に、遼天が言う。

「そろそろ人が集まってきた。庭のほうはここから見るに、最悪というほどのことにはなっておらんだろう。面倒に巻き込まれる前に戻るぞ」

番所の役人はまだ夢の中だろうが、近隣の妓楼からなにごとかと、ちらほら人がこちらに寄ってくるのが見えた。

そこで暗い夜の裏道を、三人は寒兵衛の蕎麦屋へと急いだのだった。

数日後。澄み切った高い空の下、六助は大川橋の欄干に両肘をついて、ぼんやりと雲を見ていた。

雲というのは不思議なものだ。毎日こうして当たり前のように見ているが、実態がなんなのかはよくわからない。

どうにでも形を変え、色も変える。

それにここから見上げてさえこんなに大きいのだから、間近で見たら信じられないほどに巨大なのだろう。

おてんとうさまにしても海にしてもそうだが、世の中というものは大部分が、人智では及びもつかないもので構成されている。

そんなことをとりとめもなく考えていると、背後から声をかけられた。

「こんなところでどうしたのだ、六助さん」

遼天が隣に並ぶと、いつものようにかすかに酒の匂いがする。

「どうしたってわけじゃないです。ひなたぼっこですよ」

「そうか？ この前の一件以来、なんだか元気がないと寒兵衛が心配していたが」

「……かもしれないです」

六助は口の中で、もぞもぞとつぶやく。

あの日は朝になってから、瓦礫と化した瑞雲楼はもちろん吉原中で大騒ぎとなった。

単に見世が崩れたというだけでなく、大量の人骨が混ざっていたからでもある。

おそらくは消えた客や、花魁のものだろうと六助は思った。遼天はその場におもむき、長いこと念仏を唱えていたらしい。

しかしその場所にはすでに、新しい妓楼が造られようとしている。

とりあえずは一件落着したものの、恋と恨み、怨念と執着がどろどろと混じり合うこの苦界においては、また何度でも鬼征魂が現れるのだろうと考えて、つい憂鬱になってしまう。

それに六助には銀華をすぐに助けようとしなかった罪悪感が今もあったし、それ以上に茜のことを考えると、どうしても胸が苦しくなってしまうのだ。

遼天はそんな六助に、穏やかな目を向ける。

「しかしみな随分と、六助さんのことを褒めていたぞ。特に小太郎はあの性格だから面と向かっては軽口ばかりだろうが、腰を抜かすどころか立ち向かうなど大した肝っ玉だ、師匠は命の恩人だなどと真剣に言っていた。俺もそう思う」

「ほ、本当ですか」

「ああ。実際に身を挺《てい》して庇ってもらったのだ、当然ではないか。お澄も、六助さんは先々大した男になるに違いない、自分は男を見る目があるなどと言ってな」

はっはっと快活に笑う声を聞きながら、六助の心の雲は少しずつ晴れていく。

「照れます。けど、嬉しいです。少しはみなさんのお役に立てたのだと思うと」

「気分がいいだろう」

そう言われて、素直にうなずく。

「はい。報われた気がします」

ここで調子に乗ってはいけないが、彼らがそう感じてくれたのなら、本当に自分は成長できているのかもしれない。

「……ところで。あのとき、遼天さんにお借りした刀ですが。何か書いてあったように見えました。とてもじっくり見られる状況ではなかったので、なんだったのか気になっているんです」

「うむ。これか。よく気がついたな」

ざりざりと音をさせて、遼天は脇差を半分ほど抜いて見せた。鍔《つば》はひじょうに立派なこしらえで美麗な細工が施されているが、刀身はやはり錆びている。

刃は丸くなっていて、大根すら切れるようには見えない。けれどよく見ると、針の先で書かれたような米粒ほどの小さな文字が、上から下まで裏も表も刃先に至るまでびっしりと書き込まれていた。

「尊勝陀羅尼《そんしょうだらに》が彫り込まれた、人でないものしか斬れぬ刀だ。俺の育った寺では、陀羅尼刀と呼ばれていた」

「陀羅尼刀……尊勝陀羅尼……？」

「うむ。護符にして持っていれば、百鬼夜行のどんな化け物でも退散するという陀羅尼の呪文だ」

「錆びてはいても、そんなすごいものだったんですね」

尊勝陀羅尼というものを聞いたことさえなかったのだが、名前の響きからしていかにも霊験あらたかな効果がありそうだ。

「そうだ、六助さん。この呪文の写しを護符にして持ち歩けば、随分と怪異の危害が減るやもしれん」

「確かにそうかもしれませんね」

名案だ、と感じた六助だったが、その目にふわふわと遠く漂う人魂が映り、はっとそちらに顔を向ける。

遼天は気づいているのかいないのか、特に気にした様子もなかった。

明るい昼の日差しの中に飛ぶ人魂は、以前であれば悲鳴を上げて逃げ惑ったかもしれない存在だ。しかし、今は違う。

あれは茜かもしれないではないか。

それともどこかの人のよいおやじか、幼い子供かもしれない。

いずれにしても六助となんら違わない、平凡な魂だと思うようになったからだ。

陽光にきらきらと光る川面に人魂など、こうしてみると風流ではないか。

いつか自分もあの姿になったら都鳥のように、大川の端から端まで上から見下ろしたいと思うかもしれない。

もちろん臆病な性根はそう簡単に変わらないが、少なくとももともと人であったものに対してだけは、怯えなくなっていた。

「でも、実はそれより知りたいまじないが、他にあるんです」

「うん？　なんのまじないだ。女に惚れさせるまじないなら、知っていても自分にしか使わんぞ」

六助は苦笑して、違いますと首を振る。

「……前に、寺の門の上に、浮かばれぬ幽霊が見えたことがあったでしょう」

「ああ、六助さんが最初に手伝ってくれたときだな」

「はい。あのときの浄霊の祝詞を教えてください。ただ祝詞を唱えればいいというものではないのでしょうが、遼天さんがいない場合でも、いつでも、浮かばれない人たちを見つけたら、助けられるようになりたいんです」

六助が言うと遼天は、明るい、晴れ晴れとした顔で笑った。

「よくぞ言ってくれた。そういう気持ちになってくれたのであれば、仲間に誘った甲斐があったというものだ。喜んでいくらでも教えよう」

「私にできることなど少ないですが」

「いや。自分にしかできぬことがあると、金槌坊の件でよくわかったのではないか。トワズに生まれついたという、不快でしかなかったことが、俺やおりんや小太郎を救ってくれたのだぞ」

確かにそうだった。受け継ぎたくもない血筋のせいですっかり臆病になり、これまで六助は自分を卑下し、孤独に陥っていた。

しかしこの厄介な血こそが自分を遼天たちや茜と出会わせ、役に立ったのだと思うと、今やその特殊な血に誇りさえ感じる。

——妖と契ったかもしれぬという先祖の話も、茜さんを知った今ならば容易く理解ができる。人でない相手であっても、慕わしいと想うことには、なんの不思議もないではないか。

感慨に耽っていると、川の流れていく先を見つめながら、ぽつりと遼天が言った。

「……実は、俺にはな、六助さん。かつて仇《かたき》がいたのだ」

前にお澄から、遼天は幼いころにお家断絶の憂き目にあったと聞かされていたから、その原因と関係があるかもしれないと思い至ったが、六助はただ、そうだったんですか、とだけ言った。

うむ、と重々しく遼天はうなずいて続ける。

「仇討ちのために、剣術も法術も必死に学んだ。修行は大変なものだったが、いずれ仇を討つためと思えば耐えられた。だが俺が討つ前に、仇は命を落としていた」

「病気かなにかですか」

「いや。仇が乗っていた馬の耳に虫が入って暴れ、落馬したのだそうだ」

言いながら遼天は苦笑する。

「……辛い修行はなんのためだったのか、これまでの日々は虫一匹のおかげですべて無駄かと、虚《むな》しさから自棄《やけ》にもなった。だがおのれのため、復讐のためではなく、他のもののために力を使えばよいと気がついてからすべてが変わった」

「それで私を……自分の血の力に困惑していた私を、お仲間に誘ってくださったんですか?」

「いらぬ力を持て余し、不遇を嘆く気持ちはひとごとではなかったからな。しかしそれだけではないぞ。稲荷隠しに六助さんが必要だったことは確かだ」

遼天は神妙な顔で聞いている六助の目を見て、ぽんと肩に手を置いた。

「六助さんのように詳しくは、俺にはとらえられぬし感じぬ。それを考えると学びようによっては、俺などより六助さんのほうがよほど多くの浮かばれぬものを救える日が来ると思う」

「ほ、本当でしょうか。私が遼天さんよりも……？」

「うむ。どうだ、本気で学んでみるか」

もちろんです、と勢い込んで六助は承知する。

「遼天さんのようになれたら、きっと嫁の来手もありますよね」

弾んだ声で言うと遼天は噴き出しそうになったが、すぐに笑いを引っ込めた。

「いや、伴侶を得るというのは大事なことだ、笑いごとではないな。そういうこともあるかもしれぬ。やり甲斐を持って働く男に、女子は惹《ひ》かれるものだ」

肯定してもらい、六助はますます満足してうなずいた。

「……私は幸せになると、茜さんと約束しました。いつかまた、茜さんのような人と出会えたとき、ちゃんと一人前になっていたい。大切な人を、この手で守れるようになっていたいのです。この仕事を通して、お澄さんが言っていたことが、やっとわかった気がします。他人ではなく、自分のために人を救うのだと」

「それがわかったのであれば、六助さんは立派に一人前だ」

「だといいんですが。半人前では困る年齢ですから」

照れて六助はそう答えた。褒められても、まだまだ未熟だということを今は自覚している。

一生懸命人に尽くす仕事をしたからといって、必ずしも報われるとは限らない。その結果として嫁を得られるかどうかも、すべては可能性の話でしかない。ただ、いずれ自らの命の炎が燃え尽きるとき。

未練も後悔もなくこの世を後にするためには、自分にできることを精一杯、思い残すことなくやらなくてはと考えるようになっただけだ。

そうしたら胸を張って、茜とも再会できるに違いない。

きっとあの勝気な娘のことだから、威張ってんじゃないわよと、舌を出されるかもしれないが。

くすりと笑った六助の目の端で、人魂がふっと消える。

その下で大川はなにも変わらず、たくさんの舟を運んでゆったりと流れ、白く輝く雲はゆうゆうと空を北へ進み、水の匂いのする風は遥か昔からそうであったように、草の先を揺らしていた。

本作は第2回招き猫文庫時代小説新人賞において優秀賞を受賞した
『花街奇譚』を改題し、加筆修正したものです。

二見サラ文庫

本作品に関するご意見、ご感想などは
〒101-8405
東京都千代田区神田三崎町2-18-11
二見書房 サラ文庫編集部　まで

吉原妖鬼談《よしわらようきだん》

著者　須垣《すがき》りつ

発行所　株式会社 二見書房
東京都千代田区神田三崎町2-18-11
電話 03(3515)2311［営業］
03(3515)2314［編集］
振替 00170-4-2639

印刷　株式会社 堀内印刷所
製本　株式会社 村上製本所

落丁・乱丁本はお取り替えいたします。
定価は、カバーに表示してあります。

ISBN978-4-576-20033-0
https://www.futami.co.jp/